SEHEN · STAUNEN · WISSEN

WÜSTEN

Usbekisches Schmuckband für Kamele

Usbekisches Kindermobile

Tuareg-kreuz

Gips-Sandrose

Lanner

Rassel mit Kolibri-Trittsiegeln (Tewa-Indianer)

Kaffeekannen jordanischer Beduinen

SEHEN · STAUNEN · WISSEN

Wüsten-
krebs

Wüsten-
krebs

WÜSTEN

Leben unter extremen Bedingungen

Text von Miranda McQuitty
Fotos von Alan Hills und Frank Greenaway

Tuareg-
dolch

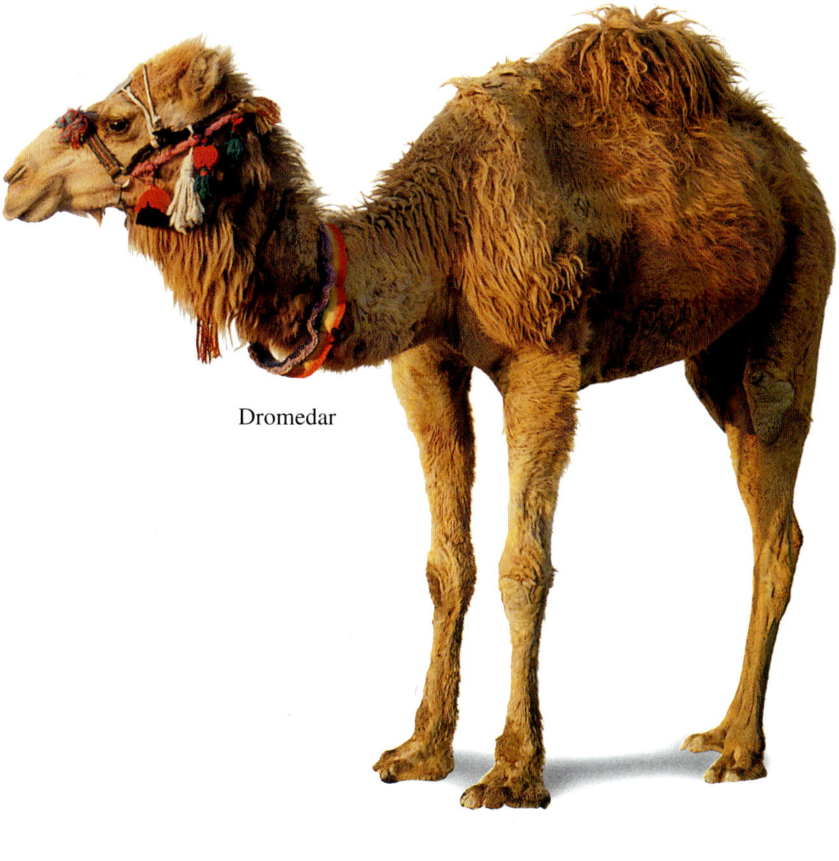
Dromedar

Tuareg-
dolch

Gerstenberg Verlag

Kalebassen für Wasser und Essen

Messer australischer Ureinwohner

Beduinenendolche

Bibliografische Information der Deutschen Nationalbibliothek

Die Deutsche Nationalbibliothek verzeichnet diese Publikation in der Deutschen Nationalbibliografie; detaillierte bibliografische Daten sind im Internet über *http://dnb.d-db.de* abrufbar.

DK

Ein Dorling-Kindersley-Buch
Originaltitel: Eyewitness Guides: Desert

Lektorat: Caroline Beattie, Simon Adams
Fachliche Beratung: John Cloudsley-Thompson
Recherche: Céline Carez
Layout und Gestaltung: Jill Plank, Julia Harris
Herstellung: Catherine Semark
Bildredaktion: Cynthia Hole
Zusätzliche Fotos: Andy Crawford

Aus dem Englischen von
Margot Wilhelmi, Sulingen

Satz: Gerstenberg Druck GmbH, Hildesheim
Printed in China

www.gerstenberg-verlag.de

ISBN 978-3-8369-4554-7

08 09 10 11 12 7 6 5 4 3

Speikobra

Jordanische Beduinen

Kachina-Puppe der Hopi-Indianer

Schellack-Halskette der Zuni

Silberne Kürbisblüten-Halskette der Navajo

Inhalt

Was sind Wüsten?

Wüsten sind lebensfeindlich: Es gibt kaum Regen und es herrschen extreme Temperaturen. Man spricht von einer Wüste, wenn in einem Gebiet durchschnittlich weniger als 250 mm Regen im Jahr fallen. Heiße Wüsten wie die Sahara gibt es in den Subtropen, wo Winde für einen wolkenlosen Himmel sorgen. Die Sonne brennt tagsüber ungehindert auf die Erde, nachts wiederum wird die ganze Wärme abgestrahlt. Daher sind die Nächte kalt. In Hochgebirgen finden sich Kältewüsten wie die Wüste Gobi. Oft ist eine von Gebirgen abgeschirmte Lage für die Trockenheit verantwortlich. So liegen im Landesinneren von Australien Wüsten, weil sich die Wolken schon an den Gebirgen abgeregnet haben, die den Erdteil säumen. Im Windschatten von Hochgebirgen gibt es Wüsten, weil der Wind, der über die Berge bläst, dort keine Feuchtigkeit mehr enthält (z.B. in Nordamerika).

NEBEL UND SCHNEE
In Küstenwüsten wie der chilenischen Atacama und der Namib in Südwestafrika gibt es häufig Nebel. Entlang der Küsten verlaufen kalte Meeresströmungen, die die Luft über dem Wasser abkühlen. Dabei fällt die Luftfeuchtigkeit als Nebel aus. Der Nebel ist eine wichtige Wasserquelle, doch in der Namib wird er nur an etwa 60 Tagen im Jahr vom Meer zum Land getragen. Während es in den Küstenwüsten Nebel gibt, fällt in winterkalten Wüsten wie der Großen Staubsenke in den USA im Winter Schnee. Frost kann es im Winter aber auch in heißen Wüsten geben.

VERWITTERT *oben*
Wüstenfelsen werden vom Wind, den extremen Temperaturen und den seltenen, dafür aber umso heftigeren Regenfällen abgetragen. Starke Winde bringen Sand mit sich, der das Gestein abschleift wie ein Sandstrahler. Abgebildet sind von einer natürlichen Brücke (S.10) gekrönte Sandsteinklippen in der Jordanischen Wüste.

WIE ES FRÜHER WAR
In der Arabischen Wüste hat man fossile Überreste einer kleinen Flusspferdart gefunden. Vor 6 Mio. Jahren muss es dort also viel feuchter gewesen sein: Flusspferde brauchen Wasser und üppige Vegetation. Funde aus der Steinzeit belegen, dass es auch in der Sahara einst Sümpfe mit Flusspferden gab. Diese Wüste hat im Laufe der Erdgeschichte schon viele Klimawechsel erfahren.

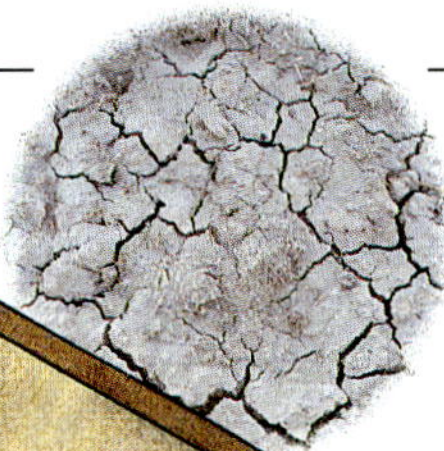

AUSGEDÖRRT
Dürr und rissig ist die Erde in der schon fast leer gepumpten jordanischen Oase Asrak. Wo sich immer mehr Menschen in der Wüste niederlassen, können Oasen und Bohrbrunnen der wachsenden Wassernachfrage nicht mehr nachkommen.

DIE WÜSTEN DER WELT
erstrecken sich in zwei Gürteln: nördlich des Äquators entlang des Wendekreises des Krebses und südlich entlang des Wendekreises des Steinbocks. In heißen Wüsten wie der Sahara erreichen die Lufttemperaturen 50 °C, die Bodentemperaturen gar 80 °C.

SANDSTÜRME
In der Wüste gibt es kaum Pflanzen, die den Wind abhalten. Der trockene Sand wird von heftigen Winden aufgewirbelt – ein Sandsturm entsteht. Der sandbeladene Wind verdunkelt den Himmel, man sieht die Hand nicht mehr vor Augen.

Pfeilspitze aus Feuerstein, mindestens 4000 Jahre alt

ALTE FUNDE
Wüsten sind Fundgruben für Archäologen. Hier gibt es kaum Pflanzen, die etwas überwachsen könnten. Der Wind trägt die obersten Erdschichten ab und legt so manches frei. Diese Pfeilspitzen aus Feuerstein beweisen, dass die Sahara einst ein gutes Jagdgebiet war.

Nicht nur Sand

Die meisten Menschen verstehen unter einer Wüste ein Meer von Wanderdünen, doch viel häufiger sind Fels- und Steinwüsten. Auch der Wüstensand hat seinen Ursprung in Felsen, die im Laufe der Zeit verwitterten. Je feiner der Staub, desto weiter kann er vom Wind oder von den Fluten der seltenen Regenfälle weggetragen werden. In manchen Wüsten gibt es nur noch blanken Fels, der Sand ist vom Wind verweht worden. Wasser löst Mineralien, z.B. Salz, aus dem Gestein und lagert es dann andernorts ab: es entstehen Salzwüsten. Wüstenböden bestehen praktisch nur aus verwittertem Gestein. Humus aus abgestorbenen Pflanzen und Tierdung gibt es so gut wie nicht, weil es viel zu trocken ist, als dass diese Materialien zersetzt würden. Außerdem leben hier kaum Pflanzen und Tiere. Im Tiefengestein unter der Wüste verborgen, lagern Bodenschätze, z.B. das vor Jahrmillionen aus Meereslebewesen entstandene Erdöl.

SALZWÜSTE
Eine Salzwüste im kalifornischen Death Valley („Tal des Todes"), einem der heißesten Orte der Welt: Das Wasser, das aus den umliegenden Bergen herabsickert, verdunstet in der Hitze der Wüste. Die darin gelösten Salze kristallisieren und bilden ein steinhartes Salzpflaster.

WADI
Nach einem der seltenen Regen flutet Wasser durch ein Wadi (ausgetrocknetes Flußbett) in Jordanien. Der Sandstein der Ufer wird von Wind, Hitze und Regen immer weiter abgetragen.

SCHWARZE WÜSTE
Schwarzer Basalt, ein Vulkangestein, bildet eine weite, öde Steinwüste.

FEINER SAND
Der rote Sand aus dem Wadi Rum in Jordanien erscheint unter der grellen Wüstensonne seiner Heimat viel heller. Der Wind sortiert ihn z.T. nach Größe. Reste verwehter Pflanzenteile sind über den Sand verstreut.

GROBER SAND *links*
Die meisten Sandteilchen in dieser Probe aus der Jordanischen Wüste sind etwa gleich groß. Der Quarzsand stammt vom Grund eines Wadi, wo feiner Staub bei Regen schnell fortgespült wird.

STAUB ZU STAUB
Dieser Boden aus der Jordanischen Wüste enthält verschieden große Gesteinspartikel, von Staub bis zu kleinen Steinchen. Wenn Staub aufgewirbelt wird, entstehen Staubteufel, die über den Wüstenboden fegen. Einmal vom Wind ergriffen, wird der Staub oft weit über die Wüste hinausgetragen.

SANDROSE
In den Sanddünen der Sahara entstehen seltsam geformte Kristalle. Diese „Rose“ besteht aus Gips. Der Gipsstaub, der aus den Felsen verwittert, setzt sich in den Sanddünen ab und löst sich schließlich im Grundwasser oder in durchsickerndem Regenwasser. Dann kristallisiert er in rosettenförmigen „Blütenblättern“. Normalerweise bildet Gips rauten- oder pfeilförmige Kristalle, doch die Sandkörner der Düne unterbrechen das Kristallwachstum, sodass solche Wüsten- oder Sandrosen entstehen.

Die Kristalle wachsen versetzt zueinander, sodass der Eindruck einer Blüte entsteht.

SANDGESTRAHLTER STEIN
Das Sandstrahlgebläse wechselnder Winde hat diesen Stein aus der algerischen Sahara kegelförmig abgeschliffen. Die auf dem Boden aufliegende Fläche dagegen ist rau geblieben. Meist ist die Seite der Steine, die in die vorherrschende Windrichtung zeigt, stärker abgeschliffen. Die Beduinen der Arabischen Wüste können daher auch an windstillen Tagen durch Befühlen der Steine Norden, die dort vorherrschende Windrichtung, herausfinden.

Drei windpolierte Seiten

Nugget aus Australien

Ölfeld im Iran

Extreme Temperaturschwankungen sowie Regen und Tau, die in Risse dringen, bringen die Steine zum Bersten.

STEINHART
Rosa Granit gehört zu den härtesten Gesteinen. Die alten Ägypter fertigten daraus ihre großartigen Obelisken (nadelförmige Säulen). Granit ist ein Erstarrungsgestein, das aus geschmolzenem Gestein erhärtet ist.

SANDSTEIN
Sandstein besteht aus Sandkörnern, die unter Druck verbacken wurden. Unter der Lupe kann man noch die einzelnen Körner erkennen. Dieser Sandstein ist in der Wüste entstanden. Das zeigen die vom Wind rund geschliffenen Sandkörner.

Schätze der Wüste

Die Wüste birgt einige Bodenschätze. Einer der wichtigsten ist Erdöl, das man im Nahen Osten in großen Lagern in unterirdischen Felshöhlungen findet. Die Flammen, die hier den Wüstenhimmel über einem iranischen Ölfeld erleuchten, werden von überschüssigem Gas gespeist. Mit der zunehmenden Motorisierung Ende des letzten Jahrhunderts wurde Öl zu einem wichtigen Rohstoff. Gold war dagegen schon immer wertvoll. Zur Römerzeit wurden Gold und andere Güter mit Kamelkarawanen durch die Sahara transportiert (S.38). Heute lockt das kostbare Edelmetall Goldgräber in die Hitze der Großen Sandwüste Australiens.

SAHARAFELSEN
Nur ein Fünftel der Sahara ist mit Sand bedeckt. Der Rest sind blanke Felsen oder Steine und Geröll.

Felswüsten

Die Landschaftsgestaltung der Wüsten begann vor langer Zeit, als Gebirge aufgeworfen wurden. Im Laufe der Jahrmillionen verwitterte das Gestein dann durch extreme Temperaturschwankungen, Wind, Regen und chemische Zersetzung, und zwar je nach Gesteinsart unterschiedlich stark. Die Trockenheit der Wüsten hat zur Folge, dass es kaum Pflanzen gibt, die mit ihrem Wurzelwerk den verwitterten Boden festhalten könnten. Die Landschaft ist schroff. Wenn es einmal regnet, dann fallen wahre Sturzbäche vom Himmel und die Fluten kurzzeitiger Flüsse reißen Steine und Felsbrocken mit sich. Sandbeladener Wind schleift die Felsen ab, sodass oft eigenartige, bizarre Formationen entstehen. Die extremen Temperaturunterschiede zwischen Tag und Nacht bringen die Felsen zum Bersten: Bei Tag dehnt sich das Gestein unter der extremen Hitze, die eisige Kälte der Nacht lässt es wieder schrumpfen. So entstanden und entstehen faszinierende Felsgebilde.

In Löchern und Spalten im Fels brüten Vögel.

PILZ
Solche steinernen Pilze gehen auf heftige Sandstürme zurück. Die Sandsturmböen wirbeln nur bis etwa 1 m hoch über den Boden. Dadurch wird der Fuß des Felsens abgetragen, nicht aber der obere Teil. Dieser Sandsteinpilz in der Jordanischen Wüste ist etwa 8 m hoch.

BRÜCKE
Ein Mann auf einer natürlichen Sandsteinbrücke. Brücken und Bögen entstehen, wenn Wasser ins Gestein eindringt und Sandpartikel ablöst, die dann vom Wind weggetragen werden. Steinschläge und weitere Erosion vergrößern das so entstandene Loch.

Die trockenen Klippen sind dem Angriff von Wind, Wasser und extremen Temperaturen ausgesetzt.

Der Wind formt Wellenmuster im Sand.

Die Wüstenpflanzen stehen weit auseinander, sodass jede genügend Wasser bekommt.

FELSPANORAMA
In Jahrmillionen werden auch diese Felsklippen in der Jordanischen Wüste abgetragen sein, sodass nur eine weite sandige Ebene zurückbleibt. Die Verwitterung dauert in der Trockenheit der Wüste jedoch länger als in feuchteren Gebieten der Erde. Am Fuße der Klippen liegen abgesplitterte und heruntergefallene Gesteinsbrocken.

IN EINEM WADI
Die Pflanzen im ausgetrockneten Flussbett zeigen, dass in diesem jordanischen Wadi in tieferen Schichten noch etwas Wasser vorhanden ist. Bei Regen können Wadis gefährlich werden, denn sie füllen sich in kürzester Zeit mit Wasserfluten, die alles mitreißen, was ihnen in den Weg kommt, selbst riesige Felsbrocken. In Amerika nennt man Wadis *arroyos*.

GRAND CANYON
Ein atemberaubendes Naturwunder ist der Grand Canyon im Westen von Arizona/USA. Auf 446 km Länge schneidet er sich 1900 m tief in den Fels. Am Grunde der Schlucht fließt der Colorado River, der vor etwa 1 Mio. Jahren begann sich immer tiefer ins Gestein zu fressen. Die Wände des Canyon lassen verschiedene geologische Formationen erkennen, die ältesten Gesteinsschichten sind 1,6 Mio. Jahre alt.

NADELN
Diese Kalknadeln in der westaustralischen Wüste bildeten sich vor etwa 20.000 Jahren um die Wurzeln von Pflanzen, die auf Dünen wuchsen. Im Laufe der Jahrtausende löste sich das Kalkgestein und formte sich neu zu diesen Felsgebilden aus. Sie kamen zum Vorschein, als der Wind den sie umgebenden Sand verwehte.

Salzkraut

Affodill

AUF SALZ, SAND, STEIN
Einige Pflanzen überleben das ganze Jahr in der Wüste. Dazu gehört das Salzkraut, das auch auf dem Bild unten aus der Jordanischen Wüste zu sehen ist. Die Pflanze verträgt sehr viel Salz. Schuppenartige Blätter halten die Verdunstung gering. Affodill speichert Nährstoffe in einer unterirdischen Wurzelknolle.

Der Wüstenboden besteht aus grobem Sand und Kies.

Ohne Pflanzenbewuchs sind die einzelnen Gesteinsschichten deutlich erkennbar.

An den Pflanzen bleibt Sand hängen.

Meere aus Sand

Nichts hat unser Bild von der Wüste mehr geprägt als die scheinbar endlosen Sanddünen. Die größte zusammenhängende Dünenlandschaft ist die berüchtigte Rub al-Khali (arabisch: „leeres Viertel“), eine 670.500 km^2 große Sandwüste im Süden der Arabischen Halbinsel. Die gewaltigen Sandmassen, aus denen die Dünen bestehen, sind Verwitterungsprodukte von einstigen Gebirgen und Hochebenen. Flüsse und Schlammfluten trugen den Sand in die Ebene, der Wind verteilte ihn und formte Dünen. Der Sand einiger Wüstendünen stammt von See- und Meeresufern. Je nach vorherrschender Windrichtung entstehen die verschiedensten Dünengestalten. Manche Formen, z.B. die Sterndünen (Rhourds), sind relativ ortstreu, Sicheldünen (Barchanen) dagegen wandern bis zu 20 m im Jahr.

Mit solchen Klanghölzern wird bei rituellen Tänzen Musik gemacht.

SANDKUNST
Zur Glaubenspraxis einiger Aborigines-Völker aus den australischen Wüsten gehörte das Zeichnen solcher Totembilder in den Sand. Heute werden einige der Muster mit Acrylfarben auf Gegenstände gemalt, manchmal auch verkauft, aber nie, wenn sie religiöse Symbole enthalten. Diese Kunstwerke stammen von den Napaljarri.

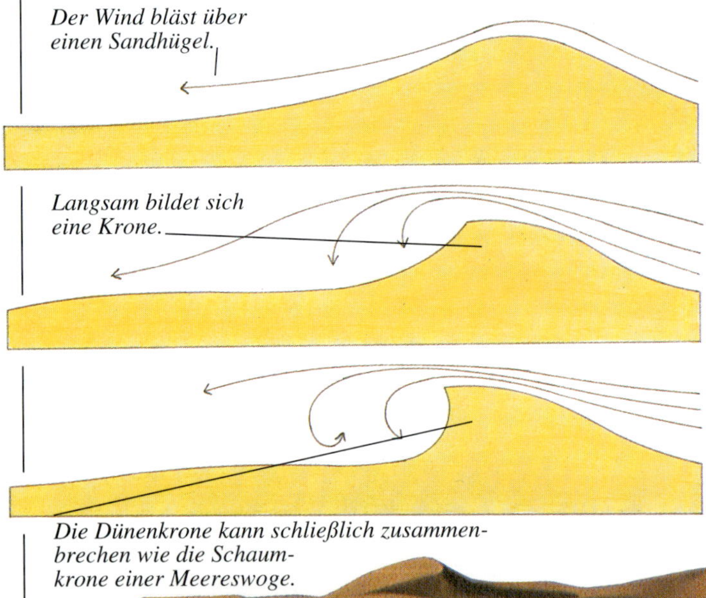

ENTSTEHUNG EINER DÜNE
Der Wind trägt den Sand weiter, doch er kann ihn höchstens 1 m hoch aufwerfen. Eine Düne entsteht dort, wo ein Hindernis (z.B. eine Pflanze) den Wind abbremst, sodass er den mitgeführten Sand ablädt. Je höher der Sandhügel (Zungenhügel) wird, desto mehr wird er selbst zu einer Barriere, die den Wind bremst und zum Abladen seiner Sandfracht zwingt.

LANGE GESCHICHTE
Die Namib ist eine der ältesten Wüsten der Welt. Es gab sie schon vor 55 Mio. Jahren. Unter den hier abgebildeten jüngeren liegen bis zu 40 Mio. Jahre alte Dünen. Sowohl die alten als auch die neuen Dünen bestehen aus Sand, den stürmische Winde von der Küste herantrugen. Ursprünglich wurde der Sand von einem Fluss aus einem fernen Hochland ins Meer geschwemmt und dann an Land gespült. Die Dünen der Namib sind bis zu 250 m hoch.

NATÜRLICHE MUMIE
Im trockenen Wüstensand wird ein Leichnam zur Mumie. So wurden vor 5000 Jahren im alten Ägypten die Toten bestattet: man legte sie mit einigen Grabbeigaben einfach in eine Grube im Sand. Später gab man sich mehr Mühe mit ihnen. Die Eingeweide wurden herausgenommen, der Körper wurde in Salz konserviert und in Leinenbinden gewickelt, weil in Särgen eine natürliche Mumifizierung nicht erfolgte.

REIHENDÜNE
Wo es viel Sand gibt und der Wind aus einer Richtung weht, bilden sich parallele Dünenkämme. Diese verlaufen im rechten Winkel zur Windrichtung (Querdünen).

STERNDÜNEN
Wo die Windrichtung häufig wechselt, können solche sternförmigen Dünen entstehen. Sie sind in der Sahara recht häufig und werden bis zu 80 m hoch.

SICHELDÜNEN
Vor allem am Rande der Wüste entstehen, wenn der Wind aus einer Richtung weht, solche Sicheldünen (Barchanen). Der Wind bläst von den Enden der Düne zur Mitte hin, sodass der Sand an den Enden schneller transportiert wird als in der Mitte.

SANDBARRIEREN
Wanderdünen gefährden eine Oase. Trotz Barrieren, die den Sand abhalten sollen, werden manchmal ganze Dörfer und Oasen vom Sand verschlungen.

SANDSEE
Tuaregkrieger beim Durchqueren eines Sandmeeres. Wüstenvölker wie die Tuareg kennen die Wüste so gut, dass sie durch unendliche Sandweiten finden, in denen andere Menschen rettungslos verloren wären.

Wasser in der Wüste

Die Oase Asrak in der Jordanischen Wüste schrumpft, weil zuviel Wasser abgepumpt wird.

Die Wüste ist nicht immer trocken und unfruchtbar. Gelegentliche Regenfälle bringen sie zum Grünen und Blühen und füllen die ausgetrockneten Flussbetten mit Wasser. Mancherorts wird das Wasser mit Dämmen aufgestaut oder das im Boden versickerte Wasser aus tieferen Schichten zutage gefördert. In Oasen tritt Wasser aus tieferen Gesteinsschichten hervor. Dort werden z.B. Datteln angebaut. Mit Bewässerungssystemen kann man das Wasser auf größere Flächen verteilen und dort Ackerbau betreiben. Heute werden in vielen Wüsten Gebiete durch künstliche Bewässerung landwirtschaftlich genutzt. Doch es besteht die Gefahr, dass die tiefen Brunnen eines Tages durch Überbeanspruchung versiegen, wenn sich immer mehr Menschen in der Wüste ansiedeln.

SCHWINGBRUNNEN
Bei einem Schaduf wird ein Eimer an einer langen Stange ins Wasserloch getaucht, dann zieht man ihn mit Hilfe des Gegengewichtes am anderen Ende der Stange wieder hoch.

REGENKETTE
Die Figur auf dieser Zunihalskette stellt einen Shalako dar, einen Boten der Regenmacher. In besonderen Zeremonien erflehen Menschen in Shalakoverkleidung Regen.

WASSERRAD
In einer ägyptischen Oase wird Wasser mit einem Rad gefördert. Mit verbundenen Augen geht eine Kuh immer im Kreis herum und treibt so ein Zahnrad an. Durch die Drehung des Rades wird eine Wasserpumpe angetrieben und füllt metallene Eimer. Aus den Eimern läuft das Wasser in Gräben, die zu den Feldern führen. Früher benutzte man Tontöpfe statt Metalleimern.

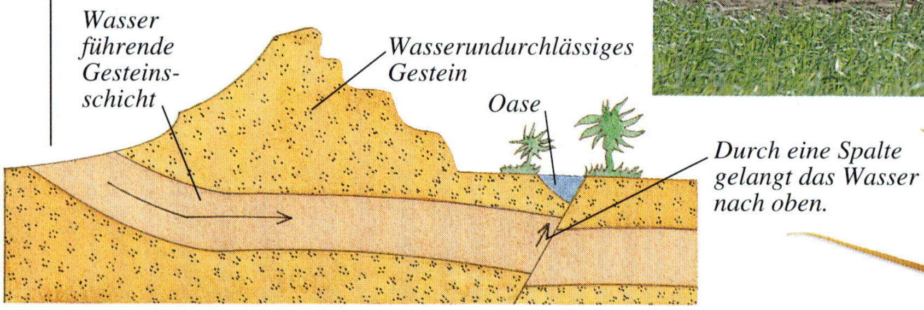

WASSER AUS DER FERNE
Regen, der in den Bergen fällt, sickert durch wasserdurchlässige Schichten in den Boden. An einer Oase, wo eine Bodenverwerfung eine Barriere bildet, dringt das Wasser durch die Verwerfungsspalte nach oben. Häufig bohrt man tiefe Brunnen, um an Wasser führende Schichten zu gelangen. Das Wasser unter der Wüste stammt z.T. noch aus der Eiszeit.

KLEINER DAMM
Um das Wasser aufzufangen, das bei Regen von diesen Felsen herunterrinnt, haben die Beduinen einen kleinen Damm gebaut. Das Wasser verwenden sie für sich selbst und für ihr Vieh. Wo es Wasser gibt, lassen sich die Beduinen manchmal länger nieder.

DURSTIGE KREBSE
Die Eier dieser Rückenschaler überdauern im trockenen Sand oft über zehn Jahre bis zum nächsten Regen. Dann schlüpfen die Tiere. Sie müssen sehr schnell geschlechtsreif werden, denn die Eiablage muss erfolgen, ehe ihr Tümpel trockenfällt.

Die Kobra nimmt nur Bewegungen wahr, keine Formen.

Die Luftröhre liegt weit vorn. So kann die Kobra auch atmen, während sie ihre Beute verschlingt.

SPEIKOBRA
Die Speikobra lauert in Palmenhainen ostafrikanischer Oasen auf Beute. Bei Störung ergreift sie meist die Flucht, doch wenn sie sich ernsthaft bedroht fühlt, richtet sie sich auf und spuckt ihren giftigen Speichel bis zu 2 m weit. Trifft die Spucke ein Tier oder einen Menschen ins Auge, so ist das sehr schmerzhaft und kann zu Erblindung führen. Das Gift wird aus winzigen Öffnungen in den Giftzähnen vorn im Maul gespritzt. Die Speikobra ernährt sich von Echsen, Kröten, Schlangen, Vögeln und kleinen Säugern.

WASSERLEITUNG
Wasser aus einer Oase wird über ein Kanalnetz in Palmenhaine geleitet. Manche Kanäle sind wie dieser in Oman dauerhaft installiert, andere werden im Schlamm ausgehoben und immer wieder verändert, um das Wasser in die jeweils gewünschte Richtung zu leiten. Ist genügend Grundwasser vorhanden, braucht man die Palmen nicht zu wässern. Sie liefern Datteln zum Essen sowie Bauholz, Fasern für Seile und Blätter für Dächer und Zäune.

Ohrdrüsen sondern zur Feindabwehr ein giftiges Sekret ab.

WECHSELKRÖTE
In Wüstengebieten leben Wechselkröten in Oasen, wo es dauerhaft genug Wasser für die Eiablage gibt. Nachts kommen sie aus ihren Verstecken unter Steinen und jagen nach Insekten.

KULTIVIERUNG DER WÜSTE
Die grünen Kreise auf dieser Luftaufnahme sind Ackerflächen am Rande der Sahara in Marokko. Sie entstehen durch Bewässerungsanlagen, die sich im Uhrzeigersinn drehen. Dafür werden gewaltige Wassermengen aus großer Tiefe heraufgepumpt. Zwar liefern die Felder dringend benötigte Nahrung, doch es besteht die Gefahr, dass mehr Wasser aus den Wasser führenden Schichten entnommen wird, als nachfließt.

Nach dem Regen

Einige Pflanzen und Tiere überleben in der Wüste, indem sie größte Hitze und Trockenheit meiden. Sie kommen nur nach Regenfällen zum Vorschein. Pflanzen können in Form von Samen jahrelange Dürreperioden überdauern. Die Samen keimen nur, wenn es ergiebig regnet. Dann ist genügend Wasser da, dass schnell wachsende Pflanzen Blüten und neue Samen hervorbringen können. Die Eier von Wüstenkrebsen wie den Salzkrebsen und Rückenschalern (S.14) brauchen ebenfalls Wasser, um zum Leben zu erwachen. Beim ersten Regen schlüpfen nicht schon aus allen Eiern Larven. So ist eine Reserve vorhanden, falls der Tümpel austrocknet, noch ehe die neue Generation sich vermehrt hat. Auch bei den Schaufelfußkröten erwachen nicht alle nach dem ersten Regen. Diese Amphibien verbringen die Trockenzeit im Sand vergraben. Sobald sie aber den Regen auf die Erde trommeln hören, kommen sie heraus.

SALZKREBSE
Salzkrebse leben in salzigen Gewässern in aller Welt. In Trockenzeiten verdunstet das Wasser, die Salzkrebse sterben, doch die Eier überdauern Trockenheit und Hitze. Noch nach Jahrzehnten können daraus Larven schlüpfen.

WASSERWUNDER
Nach einem Regen schlüpfen Larven innerhalb von 48 Stunden aus den schlafenden Salzkrebseiern. Sie ernähren sich von winzigen Nahrungsteilchen im Wasser und wachsen unter mehreren Häutungen schnell heran.

BEIN UM BEIN
Die jungen Krebse häuten sich mehrmals, jedesmal kommt ein Beinpaar dazu. Die Entwicklungsdauer ist von Nahrungsangebot und Wassertemperatur abhängig; schon drei Wochen nach dem Schlüpfen können Salzkrebse geschlechtsreif sein.

EIABLAGE
Die Krebse müssen möglichst viele Eier legen, bevor ihr See austrocknet. Ein Weibchen kann 140 Eier auf einmal ablegen – vier Monate lang alle vier Tage.

AUSGEWACHSEN
Die nicht einmal 1 cm großen Salzkrebschen sind eine wichtige Nahrung für Vögel. Salzkrebse vertragen recht unterschiedliche Salzkonzentrationen – von nahezu reinem Süßwasser bis zum fünffachen Salzgehalt des Meeres.

WÜSTENLILIE
Hesperocallis undulata blüht von März bis Mai in den Wüsten der südwestlichen USA. Jedes Jahr wächst die Lilie nach dem Regen bis zu 1,80 m hoch aus einer unterirdischen Knolle hervor. Die Knollen dienten den Indianern früher als Nahrung.

BLÜHENDE NEGEV
Diese Astern blühen in der Negev nur in guten Jahren, wenn es genügend Wasser gibt. Sie wachsen am Rande von Rinnen, in denen sich Regen sammelt, können aber in den Rinnen selbst nicht überleben, weil sie dort fortgespült werden. Die Blätter enthalten beißende Duftöle, die vor Tierverbiss schützen.

RUHMESBLUME
Die Blüten der Ruhmesblume bilden nach ergiebigem Regen rote Tupfer im bunten Farbteppich der Wüsten Inneraustraliens. Wenn die Erde wieder austrocknet, hat die Pflanze genügend Samen produziert, die in der nächsten Regenzeit zum Leben erwachen.

LÖWENMÄULIG
sind die Blüten von *Maurandya anthirrhiniflora*, einer Kletterpflanze der Sonora- und Chihuahua-Wüste, die aber auch in Wacholderwäldern vorkommt. Sie windet sich um andere Pflanzen. In den Wintermonaten sterben die oberirdischen Teile ab.

Die Blüten werden von Insekten bestäubt. Dann entwickeln sich Samen für die Pflanzen des nächsten Jahres.

In der Trockenzeit zehren die Schaufelfußkröten von ihren Fettreserven und dem in ihrer Blase gespeicherten Wasser.

SCHAUFELFUSS
Der Schaufelfuß, eine Kröte aus dem Südwesten der USA, gräbt sich mit den schaufelartigen Hinterbeinen im Wüstenboden ein und wartet dort monatelang auf Regen. Sobald sich kleine Wasserpfützen bilden, steigen die Kröten aus der Erde, paaren sich und legen Eier. In weniger als zehn Tagen schlüpfen die Kaulquappen. Diese ernähren sich meist von Pflanzen und Aas.

SAMTMILBE
Die leuchtend rote Samtmilbe gleicht mit ihren 1,6 cm Durchmesser einer Beere. Sie lebt die meiste Zeit im Boden. Nach einem Regen kommt sie an die Oberfläche und jagt Termiten, die dann schwärmen. Die rote Farbe warnt Feinde: Die Milbe schmeckt scheußlich.

Das Kletterlöwenmaul wird bis zu 2 m lang.

Nach der Befruchtung welkt die Blüte, die Samen reifen heran.

Die Blätter produzieren durch Photosynthese Nährstoffe, die die Pflanze für Blüte und Samenbildung benötigt.

DIE WÜSTE BLÜHT
Namaqualand am Rande der Namib (Südwestafrika) ist berühmt für seine herrlichen Blütenteppiche, die die Wüste nach einem Regen bedecken.

Pflanzen in der Wüste

Neben den Pflanzen, die nach einem Regen aus Samen keimen (S.16–17), gibt es in der Wüste auch mehrjährige Pflanzen, die durch besondere Anpassungen mit dem knappen Wasserangebot auskommen. Manche haben Wurzeln, die metertief bis an Wasser führende Schichten reichen, andere können mit einem weit verzweigten Wurzelnetz schnell viel Wasser aufnehmen, wieder andere mit ihren Blättern Tau aufsaugen. Viele Wüstenpflanzen sind Sukkulenten, die Wasser speichern können. Eine dicke Wachsschicht auf Stengeln und Blättern schützt vor Verdunstung und zu starker Sonneneinstrahlung. Laubabwurf in der Trockenzeit oder Rückbildung der Blätter bis hin zum völligen Fehlen sorgt dafür, den Wasserverlust durch Verkleinerung der verdunstenden Oberfläche gering zu halten.

DATTELPALMEN können 200 Jahre alt werden. Nur die weiblichen Bäume tragen Datteln. Deshalb hält man nur wenige männliche Bäume, deren Blütenstaub für die Befruchtung notwendig ist.

FRISCHE DATTELN
Wir kennen meist nur getrocknete Datteln, die weltweit exportiert werden. Für die Beduinen und die Bewohner der Wüstendörfer gehören Datteln zu den Grundnahrungsmitteln. Sie sind sehr nahrhaft und im getrockneten Zustand werden sie nicht schlecht.

FLEISCHIGES BLATT
Das Liliengewächs *Haworthia truncata* wächst im Schatten von Felsen oder anderen Pflanzen. Bis auf die hellen Blattenden, die wie abgeschnitten wirken, ist die Pflanze im Boden verborgen. Licht für die Photosynthese fällt durch ein durchscheinendes Fenster am Blattende in das Blatt. In Dürrezeiten zieht sich die Pflanze ganz unter die Erde zurück.

Sehr lange Wurzeln reichen an das Grundwasser.

Diese gestreiften Agaven sind Sonderzüchtungen.

HUNDERTJÄHRIG *oben links*
Erst nach 20 bis 50 Jahren blüht eine „Hundertjährige Aloe“ (*Agave americana*). Dann wächst sehr schnell ein bis zu 9 m hoher Blütenstand heran, dessen Blüten von Fledermäusen bestäubt werden. Nach der Samenbildung stirbt die Pflanze ab. Ihr süßer Saft wird von den Mexikanern zum Nationalgetränk Pulque verarbeitet, aus einer anderen Agavenart gewinnt man Sisalhanf.

OCOTILLO
Der Ocotillo (südwestl. USA, Nordmexiko) wirft in Trockenzeiten alle Blätter ab. Nach Regen sprießen neue Blätter aus den dornigen Zweigen, und wenn es feucht genug ist, bilden sich an den Zweigspitzen rote Blütenstände.

WELWITSCHIA
Diese bizarre Nadelbaumverwandte aus der Namib hat nur zwei korkenzieherartig gedrehte Blätter an einem kurzen, knolligen Stamm und eine gewaltige, am oberen Ende bis zu 1 m dicke Pfahlwurzel. Sie kann über 1000 Jahre alt werden.

Welwitschiablätter fasern sich meist in Streifen auf.

Das Blatt saugt Tau auf.

Lang gezogen ist jedes Blatt bis zu 2 m lang.

KAKTUS VON INNEN
Der Schnitt durch einen Goldkugelkaktus zeigt das Wasserspeichergewebe im Stamm. Das Wasserleitsystem (Xylem) transportiert nicht nur Wasser aus der Wurzel, sondern dient auch als Stützgewebe. Die Oberfläche der Pflanze ist von einer dicken Wachsschicht überzogen, die den Wasserverlust gering hält und vor „Sonnenbrand“ schützt.

GOLDKUGELKAKTUS
Kakteen sind wohl die bekanntesten Wüstenpflanzen. Ihre flachen Wurzeln breiten sich um die Pflanze herum in alle Richtungen aus und nehmen Tau- und Regenwasser auf. Kakteen öffnen ihre Spaltöffnungen zum Gasaustausch für die Photosynthese nachts statt wie andere Pflanzen tagsüber. Das verringert den Wasserverlust deutlich. Das benötigte Kohlendioxid wird gespeichert, um am Tage für die Photosynthese zur Verfügung zu stehen.

LEBEN SPENDENDER TAU
Auf einer Salzmelde in der Namib hat sich die Feuchtigkeit des Küstennebels niedergeschlagen. Diese ist eine lebenswichtige Wasserquelle. Manche Sträucher sind mit Salz überzogen. Man nimmt an, dass dies der Pflanze bei der Feuchtigkeitsaufnahme aus dem Nebel hilft.

LEBENDE STEINE
„Lebende Steine“ erhielten ihren Namen, weil diese Mittagsblumengewächse im Kies der südafrikanischen Wüste kaum zu entdecken sind. Das schützt sie vor Tierfraß. Diese Pflanzen sind Blattsukkulenten: Sie speichern Wasser in ihren Blättern. Was über dem Boden erscheint, sind nur die Blattspitzen. Wie die *Haworthia* (linke Seite) haben Lebende Steine ein Fenster, das Licht für die Photosynthese einfallen lässt, ohne dass zuviel Blattfläche ungeschützt aus dem Boden ragt. Nach dem Regen bildet sich eine einzige große Blüte.

SCHMAROTZER
Dieser kerzenförmige Blütenstand gehört zu einer Cistanche, einer blattlosen Pflanze aus der Jordanischen Wüste. Sie benötigt keine grünen Blätter für die Photosynthese, da sie die Wurzeln anderer Pflanzen anzapft.

Fortsetzung auf der nächsten Seite

Fortsetzung von Seite 19

Sukkulenten

Sukkulenten überstehen Trockenzeiten durch Wasserspeicherung in fleischigen Stengeln oder Blättern. Am bekanntesten sind die Kakteen – Stammsukkulenten, die in ihrer Heimat, den beiden Amerikas, mit Hunderten von Arten in allen Variationen von klein und kugelig bis lang und säulenartig verbreitet sind. Es gibt jedoch auch eine ganze Reihe Sukkulenten aus anderen Pflanzenfamilien. Manche davon sehen Kakteen außerordentlich ähnlich.

Aus gelben Blüten entstehen glatte grüne Früchte. Diese werden von Vögeln gefressen und so die Samen mit dem Vogelkot verbreitet.

PRISMENKAKTUS
Dieser an eine Agave erinnernde Kaktus wächst in den Steppen und Wüsten Mexikos. Er wird bis zu 70 cm groß und hat eine etwa 30 cm lange Pfahlwurzel zur Wasseraufnahme.

Zuchtformen werden oft auf andere Kakteen aufgepfropft, damit sie besser wachsen.

KOKERBOOM
Diese baumförmige Aloe aus den Trockengebieten Südwestafrikas kann Jahre der Trockenheit überdauern, in denen ihre Blätter stark schrumpfen. Das Holz des oft einige Meter hohen Baums benutzten früher die San zur Herstellung ihrer Pfeile (S.46).

Ein Kokerboom in freier Natur

WÜSTENROSE
Dieses Hundsgiftgewächs stammt aus den Trockengebieten Ostafrikas. Ein hochgiftiger Milchsaft schützt die Pflanze vor Tierfraß. Unter guten Bedingungen wird die Wüstenrose über 2 m hoch. Sie kann in der Trockenzeit auch ohne Blätter Blüten hervorbringen.

BISCHOFSMÜTZE
Wie viele Wüstenpflanzen ist dieser hübsche Kaktus selten geworden, weil Menschen ihn aus seinem natürlichen Lebensraum stehlen, obwohl es in Blumengeschäften gezüchtete Exemplare gibt. Die Bischofsmütze findet man im Süden der USA und in Nordmexiko.

TANNENZAPFEN?
Nein! Auch das ist ein Kaktus. *Ariocarpus fissuratus* (südl. USA, Nordmexiko) hat zwar keine Stacheln, aber außer Ziegen mögen kaum Tiere seine raue „Schale".

KAKTUSDROGE
Der Peyote-Kaktus enthält die Droge Mescalin. Schon die Azteken im alten Mexiko haben ihn gesammelt und wegen seiner berauschenden Wirkung roh, getrocknet oder als Getränk aufbereitet genossen. Gesammelt wurde nur der Stamm, aus der Wurzel wuchs dann ein neuer Kaktus. Heute ist das Sammeln des Peyote in den USA und in Mexiko verboten.

Die gekrümmten Dornen erinnern an Angelhaken.

BONBON-KAKTUS
Aus dem Mark dieser Kaktee machte man früher Bonbons. Es wurde in Würfel geschnitten, zur Entfernung der Bitterstoffe gekocht, in Sirup und Zucker gewälzt und in der Sonne getrocknet. Heute steht *Ferocactus wislizenii* unter Naturschutz.

Aufsicht auf einen Igelkaktus

IGELKAKTUS
Die spitzen Stacheln gaben den Igelkakteen ihren Namen. Die abgebildete Art ist in nordamerikanischen Wüsten verbreitet. Sie wird etwa 15 cm hoch und wächst an felsigen Hängen. Nach dem Regen bildet sie leuchtende Blüten aus.

Der Saguaro (Säulenkaktus) wird über 12 m hoch.

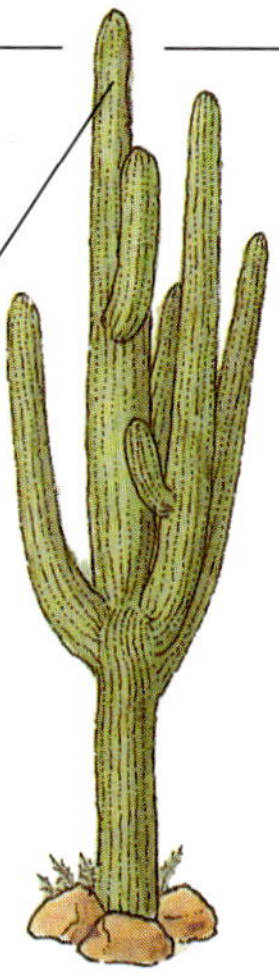

Der Riesensaguaro hat flache Wurzeln zur Wasseraufnahme und tiefere zur Verankerung im Boden.

BIRNENKAKTUS
Die stacheligen Birnen- oder Feigenkakteen (Optunien) gehören heute zu den in aller Welt bekannten Arten. Dieser Texanische Birnenkaktus ist im Süden der USA eine beliebte Vorgartenpflanze. Die blattartigen Sprossteile dieser Kakteen sind so ausgerichtet, dass sie der Sonne möglichst wenig Angriffsfläche bieten.

HOCHHAUS FÜR TIERE
Die Säulenkakteen der Wüsten im Südwesten der USA sind Heim für viele Tiere (S.31). Wie viele mehrjährige Wüstenpflanzen wächst ein Saguaro nur sehr langsam. Es kann über 40 Jahre dauern, bis er sich erstmals verzweigt. Die am stärksten der Sonneneinstrahlung ausgesetzte Seite der Pflanze hat eine besonders dicke Wachsschicht. Der fleischige Stamm kann mehrere Hektoliter Wasser enthalten.

GREISENHAUPT
Ältere Exemplare dieser Kaktee sind von zu langen weißen Haaren umgewandelten Stacheln gekrönt. Dann bildet der Kaktus auch rosa Blüten aus, aus denen sich rote Beeren entwickeln. Die Blüten öffnen sich nachts und werden von nachtaktiven Insekten bestäubt.

KEIN KAKTUS!
Diese Pflanze sieht zwar einem Kaktus sehr ähnlich, ist aber eine Wolfsmilch (*Euphorbia*), die am Rande der Arabischen Wüste wächst. Ähnliche Lebensbedingungen haben in weit entfernten Gegenden der Welt bei nicht näher verwandten Arten zu ähnlichen Anpassungen geführt.

Insekten

HONIGTOPF
Der Hinterleib dieser Ameise ist mit Nektar und anderen zuckerhaltigen Substanzen so prall gefüllt, dass sich das Tier nicht bewegen kann. Es hängt an der Decke des Speicherraums im Ameisennest. Bei Bedarf wird die Ameise von den anderen Nestbewohnerinnen angezapft. Honigtopfameisen gibt es in Nordamerika, Südafrika und Australien.

Wie für alle Tiere besteht auch für die Insekten in der Wüste das größte Problem darin, genug Nahrung und Wasser zu finden. Einige Pflanzenfresser, z.B. die Schmetterlingsraupen, ernähren sich vom frischen Grün, das nach einem Regen überall in der Wüste sprießt. Die Trockenzeit überdauern diese Tiere als Eier oder als Puppen, aus denen erst bei ausreichender Feuchtigkeit ein Falter schlüpft. Samenfresser wie die Ernteameisen legen Vorräte für die Trockenzeit an. Honigtopfameisen funktionieren gar einige Nestgenossinnen zu lebenden Speichertöpfen um. Räuberische Insekten nehmen die benötigte Feuchtigkeit mit der Körperflüssigkeit der Beute auf. Für viele Insekten ist Tau eine wichtige Wasserquelle und manche Käfer haben spezielle Tausammelmethoden. Um nicht von der sengenden Sonne ausgedörrt zu werden, kommen viele Wüsteninsekten erst nachts aus ihren Verstecken.

Wie alle Insekten hat diese Grabwespe ein Paar Kopffühler.

GRABWESPE
Grabwespen leben als Einsiedler, nicht in Staaten. Die Erwachsenen der abgebildeten Art (*Ampulex compressa*) ernähren sich von Blütennektar, doch für die Jungen fängt das Weibchen Schaben. Sie lähmt die Schabe mit einem Stich und schleppt sie in ein Loch. Dort legt sie ein einzelnes Ei auf dem Beutetier ab. Wenn die Larve schlüpft, bietet die gelähmte, aber noch lebende Schabe genug Frischfleischnahrung.

ERNTEAMEISEN
Diese Ameisen sammeln Samen, die sie in großen „Kornspeichern" in ihren Nestern einlagern. Hat eine Kundschafterin eine gute Futterquelle entdeckt, legt sie eine Duftspur vom Fundort bis zum Nest, an der sich die Nestgenossinnen orientieren. Gelegentlich verlieren oder vergessen die Ameisen ein paar Samen. Das dient der Samenverbreitung.

Ameisenjungfer

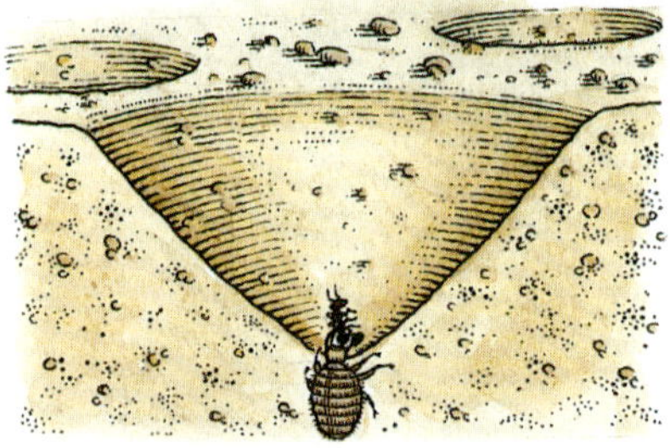

AMEISENLÖWE
Die Larve der Ameisenjungfer nennt man Ameisenlöwe. Dieser gräbt eine trichterförmige Grube in den Sand und lauert dann am Grund des Trichters auf Beute. Sobald sich ein Insekt dem Trichterrand nähert, bewirft es der Ameisenlöwe mit Sand, sodass es ausgleitet und in die Grube fällt.

KOPFSTAND
Auf dem Rücken dieses Schwarzkäfers aus der Namib hat sich Morgentau niedergeschlagen, den sich der Käfer in den Mund laufen lässt. Das ist für ihn die einzige Möglichkeit, an Trinkwasser zu gelangen. Die Nacht verbringt der Käfer im Sand vergraben. Bei Nachtnebel kommt er sofort aus seinem Versteck. Tau sammelnde Käfer gibt es auch in anderen Wüsten, z.B. im Wahibasand im Süden der Arabischen Halbinsel. Manche Schwarzkäfer ziehen sogar Furchen und werfen Hügel auf, um Tau aufzufangen.

SCHWARZKÄFER
Diese Schwarzkäferart lebt in Sanddünen der Namib-Wüste und ernährt sich von Pflanzenmaterial und Samen, die der Wind heranträgt. Auffällig sind die weißen Deckflügel. Sie reflektieren das Sonnenlicht, sodass der Käfer auch bei Sonnenschein noch auf Nahrungssuche gehen kann.

DOMINOKÄFER
Die weißen Flecken auf dem Rücken von *Thermophilum sexmaculatum* aus Trockengebieten Nordafrikas und des Nahen Ostens warnen vor Chemiewaffen: Wird er bedroht, spritzt der Käfer einen Säurestrahl auf den Angreifer. Dieser geht fortan derartig gefärbten Insekten aus dem Weg. Tagsüber dösen die Käfer unter Steinen und in Löchern, die andere Tiere gegraben haben. In der Nacht gehen sie auf die Jagd nach Insekten und anderen kleinen Tieren.

Fortsetzung von Seite 23

Insekten und Spinnentiere

Geflügelte Insekten wie die Heuschrecken können von einem Ort zum anderen fliegen und neue Nahrungsquellen und Kinderstuben suchen. Wanderheuschrecken ziehen wie Nomaden von Ort zu Ort, immer auf der Suche nach Nahrung. Einige Insekten legen ihre Eier auf Nahrungspflanzen ab, sodass die flugunfähigen Larven es nicht weit zur Futterquelle haben. Skorpione und andere Spinnentiere, z.B. die Geißel- und die Walzenspinnen oder die Milben (S.17), haben keine Flügel, doch einige, wie die Walzenspinnen, können sehr schnell laufen.

Die Heuschrecke breitet ihre Flügel aus und fliegt los.

Start: die Heuschrecke springt mit geschlossenen Flügeln möglichst hoch in die Luft.

HOCH HINAUS
Heuschrecken können mit ihren kräftigen Hinterbeinen weit und hoch springen. Die unter dem Außenskelett verborgenen Muskeln sind tausendmal kräftiger als menschliche Muskelfasern des gleichen Gewichts. Sobald sie in der Luft ist, spannt die Heuschrecke die Flügel auf und fliegt mit beiden Flügelpaaren. Wanderheuschrecken erreichen bei Langstreckenflügen mit Wind- und Muskelkraft bis zu 35 km/h.

SAHARA-SKORPION
Der Stich dieses 7 cm langen Skorpions kann einen Menschen töten. Doch das Tier sticht nur, wenn es in die Enge getrieben wird, und um Beutetiere wie Spinnen und Insekten zu töten. Diese Nahrung versorgt den Skorpion mit ausreichend Flüssigkeit, sodass er nicht trinken muß. Tagsüber versteckt sich der Sahara-Skorpion unter Steinen.

Die Klauen packen Beute.

INDISCHER SANDTRICK
Diese Wüstengrille (Indien, Pakistan) kann innerhalb von Sekunden im Sand verschwinden, indem sie mit den Füßen direkt unter sich ein Loch gräbt. Die Flügelenden sind aufgebogen, so daß sie dabei nicht stören. Die Grille kann aber die Flügel auch aufspannen und dann sehr gut fliegen.

Mit den sternförmigen Bohrfüßen vergräbt sich die Grille im Sand.

Lange Fühler

AUF LEBEN UND TOD
Der Ausgang eines Kampfes zwischen einer Walzenspinne und einem Skorpion ist nicht immer von vornherein klar. Die Walzenspinne hat gewaltige Klauen, der Skorpion seinen gefährlichen Stachel. Sein Gift könnte die Spinne in Sekunden töten. Doch meist gewinnt trotzdem die Walzenspinne.

Wie alle Spinnentiere haben auch die Walzenspinnen vier Beinpaare.

YUCCAMOTTE

Die Blüten der Yuccapalme (Nordamerika) werden nur von *Tegiticula yuccasella* bestäubt. Diese Motte besucht eine Blüte, nimmt Pollen auf und überträgt den Pollen einer anderen Blüte auf die Narbe, sodass eine Befruchtung stattfinden kann. Gleichzeitig legt das Insekt Eier in den Fruchtknoten ab. Daraus entwickeln sich Larven, die einen Teil der Samen fressen. Doch es bleiben noch genug für die Vermehrung der Pflanze übrig.

„ZÄHNE DES WINDES“

So werden im Koran die Wanderheuschrecken bezeichnet. Ein großer Schwarm besteht aus Milliarden von Tieren. Wo diese sich niederlassen, fressen sie alle Pflanzen, oft ganze Getreidefelder. Jede Heuschrecke vertilgt täglich ihr eigenes Gewicht an Pflanzen, ein Schwarm kann 20.000 t am Tag verschlingen.

WÜSTENSCHRECKE

Die Wüstenschrecke lebt in den Trockengebieten Afrikas und Asiens. Sie kann einzeln leben (Solitärphase), aber es gibt auch Wanderphasen, in denen riesige Schwärme auf Wanderschaft gehen und alles kahl fressen. Die Wanderphasen treten nach mehreren guten Regenzeiten auf. Wenn die (noch flugunfähigen) Jungen aus den Eiern schlüpfen, sammeln sie sich zu großen Schwärmen, die sich als flugfähige Erwachsene auf die gemeinsame Reise in Gebiete mit guten Nahrungsquellen begeben. Diese Schädlinge mit Insektiziden zu bekämpfen gelingt nicht immer, da man nie alle Solitärformen findet.

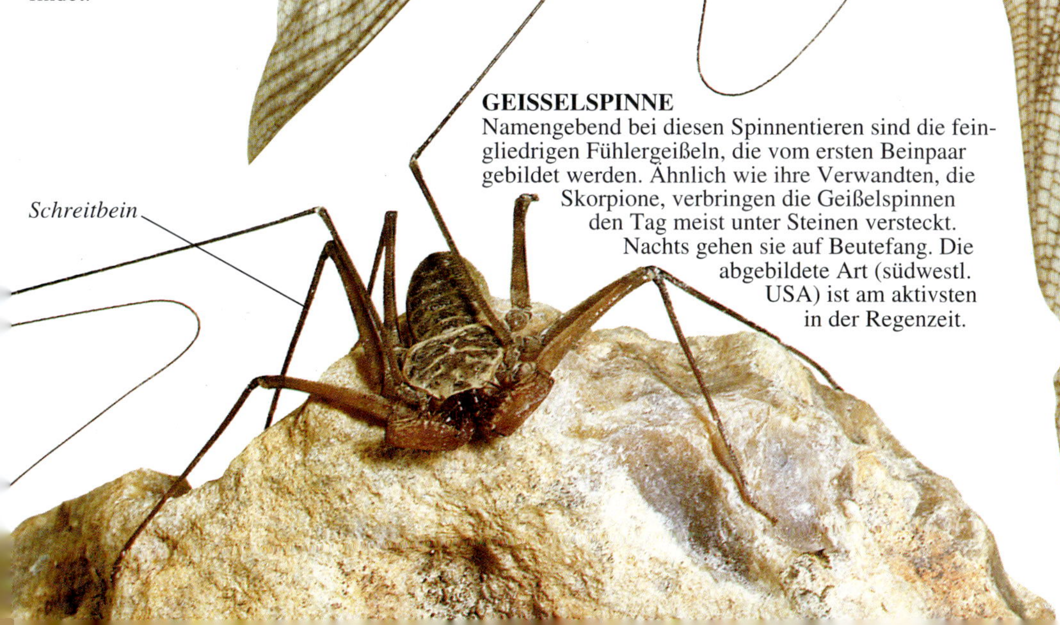

GEISSELSPINNE

Namengebend bei diesen Spinnentieren sind die feingliedrigen Fühlergeißeln, die vom ersten Beinpaar gebildet werden. Ähnlich wie ihre Verwandten, die Skorpione, verbringen die Geißelspinnen den Tag meist unter Steinen versteckt. Nachts gehen sie auf Beutefang. Die abgebildete Art (südwestl. USA) ist am aktivsten in der Regenzeit.

LECKERBISSEN

Diese Insektenlarven bohren die Wurzeln von Bäumen in den inneraustralischen Wüsten an. Roh oder in heißer Asche gegart sind sie eine traditionelle Speise der Wüsten bewohnenden Ureinwohner (Aborigines). Die Larven haben einen ölig-nussigen Geschmack und sind sehr eiweißreich.

Reptilien

Reptilien wie Schlangen, Echsen (S.28–29) und Schildkröten regeln ihre Körpertemperatur, indem sie Wärme aus der Umgebung aufnehmen bzw. an die Umgebung abgeben. Weil sie die Hitze der Wüste nutzen, brauchen sie nicht so viel Energie für die Regelung ihrer Körpertemperatur aufzuwenden wie z.B. Säugetiere. Das spart Nahrung, die in der Wüste knapp ist. Dank ihres geringen Energieverbrauchs müssen Reptilien auch nicht so oft aus- und einatmen wie Säuger. Auch das ist in der Wüste von Vorteil, weil beim Atmen immer Feuchtigkeit verloren geht. Anders als Amphibien, die eine wasserdurchlässige Haut haben, sind Reptilien durch ihre Schuppen gut gegen Feuchtigkeitsverlust und Hautzerstörung durch Hitze geschützt.

PANZERTASCHE
Hererofrauen aus der Namib bewahrten in solchen Schildkröten-panzer-Taschen Duftsalben auf. Durch Bejagung sind heute viele Schildkröten gefährdet, weil sie sich nur sehr langsam vermehren.

Das schwarze Band markiert die Stelle, an der sich der „Hut" befindet. Er wird nur bei Gefahr aufgestellt.

ZÜNGELN
Wie alle Schlangen nimmt auch die Diademnatter mit ihrer Zunge Duftstoffe aus der Luft und vom Boden auf. Die Duftstoffe werden dann mit der Zunge in ein Geruchssinnesorgan im Gaumen befördert. So erkundet die Schlange ihre Umwelt.

SPUCKEN
Die Speikobra stellt ihren „Hut" auf, bevor sie zu ihrer Verteidigung Gift speit (S.15). Bei der Beutejagd spuckt die Kobra nicht, sondern beißt die Opfer und spritzt ihnen das Gift direkt mit ihren Giftzähnen ein.

BEÄUGEN
Die Kettennatter (südl. USA, Mexiko) kann mit ihren großen Augen auch nachts sehen. Sie jagt vorwiegend Echsen, aber auch kleine Säuger und Schlangen. Der Blick erscheint starr, da Schlangen keine Lider haben und daher nicht blinzeln können. Geschützt wird das Auge von einer durchsichtigen Schuppe.

KRIECHEN
Die Wüstenschildkröte (südl. USA, Mexiko) bleibt während der größten Hitze in ihrem Bau. Am frühen Morgen und späten Nachmittag geht sie auf die Suche nach Pflanzennahrung. Leibspeise sind rote und orangefarbene Blüten. Erst mit 15 Jahren ist die Schildkröte erwachsen.

Kann die Schildkröte bei extremer Hitze nicht in den Schatten flüchten, leert sie zur Kühlung ihre Blase über die Hinterbeine und läßt Speichel über Kopf und Hals schäumen.

DROHEN
Klapperschlangen warnen Feinde, indem sie mit ihren hohlen Hornringen am Schwanzende rasseln. Dabei verbrauchen sie keine Feuchtigkeit wie beim Zischen. Klapperschlangen wie diese Diamant-Klapperschlange haben Giftzähne, die sie in Beute und Angreifer schlagen.

KLAPPERN
Prärie-Klapperschlangen besiedeln in verschiedenen Unterarten den ganzen Westen der USA. Diese schwarze Variante lebt in den gebirgigen Regionen der Wüste Arizonas. Zum Überwintern sammeln sich die Schlangen in Gruppen in einer Gemeinschaftshöhle.

TÄUSCHEN
Die Schweinsnasen oder Hakennattern haben eine aufgeworfene, nach oben gebogene Schnauzenspitze. Die Hakennatter ist nicht giftig. Wenn sie bedroht wird, zischt sie und bläht sich auf. Hilft das nicht, stellt sie sich tot: Sie wälzt sich auf den Rücken, lässt die Zunge heraushängen und verfällt in eine Art Starrkrampf.

SCHLANGENKÖPFE
Die ungiftige Kettennatter hat eine charakteristische schwarze Kopfmaske. Mit ihren bis zu 1,5 m Länge kann sie Klapperschlangen erwürgen, die fast so groß sind wie sie selbst. Sie ist gegen deren Gift immun. Die Katzenaugennatter umschlingt ihre Beute und spritzt mit Giftzähnen hinten im Rachen ein schwaches Gift ein. Die Pupillen sind schlitzförmig. Nachts weiten sie sich und die Schlange kann wie eine Katze im Dunkeln sehen. Sie frisst Eidechsen, Mäuse und Fledermäuse. Die auffälligen Farben der Königsnatter ähneln der Zeichnung hochgiftiger Korallenschlangen und schützen so vor Feinden.

Kettennatter (südl. USA, Nordmexiko)

Katzenaugennatter (Küstenwüsten Kaliforniens/USA und Niederkaliforniens/Mexiko)

Speikobra (Wüstenoasen Ostafrikas)

Königsnatter (Westmexiko)

Leuchtende Farben verwirren Feinde.

Überlappende Bauchschuppen ermöglichen schnelle und wendige Bewegungen.

Fortsetzung auf der nächsten Seite

Fortsetzung von Seite 27

Echsen

Echsen sind in Wüsten häufiger als Schlangen und sie sind oft tagsüber aktiv, während die meisten Schlangen erst nachts aus ihren Verstecken kommen. Viele Echsen nehmen am frühen Morgen ein Sonnenbad; das lockert ihre Muskeln nach der kalten Nacht und erhöht ihre Körpertemperatur. In der größten Hitze des Tages aber ziehen sie sich in den Schatten von Felsen und Pflanzen zurück, in kühle Höhlen oder in Büsche. Die meisten Wüstenechsen können ihre Hautfarbe der Umgebung anpassen, sodass sie von Feinden nicht so schnell entdeckt werden. Bei Gefahr zeigen einige Echsen ein beeindruckendes Drohverhalten. Dabei reißen sie meist den Rachen weit auf, beißen aber selten. Wenn es ernst wird, ergreifen die meisten Echsen die Flucht.

FRANSENFINGER
Diese flinke kleine Echse hat an den Zehen breite Schuppenkämme („Fransen"), die die Fußfläche vergrößern und damit das Gewicht besser verteilen. So kann sie gut über den lockeren Sand der Saharadünen rennen, ohne einzusinken. Kopf und Körper werden beim Laufen hoch gereckt, damit sie nicht mit dem oft glühend heißen Sand in Berührung kommen. Die Nasenlöcher sind verschließbar; so gerät kein Sand in die Atemwege.

Schuppenkämme an den Zehen

An manchen Stellen sind die Schuppen zu spitzen Stacheln umgebildet.

Die Hautschicht unter den Schuppen ist für den Farbwechsel verantwortlich.

Bartagamen sind morgens dunkler; so können sie Sonnenwärme „auftanken". Im Laufe des Tages werden sie dann immer heller.

BARTAGAME
Mit bis zu 60 cm Körperlänge und dem stacheligen „Bart" wirkt die Bartagame aus Australien auf Feinde durchaus abschreckend. Der namengebende „Bart" ist eine Kinnfalte, die bei Gefahr aufgestellt und aufgebläht werden kann. Auf dem Speiseplan der Bartagamen stehen neben Insekten, Eiern und kleinen Säugerjungen auch taubenetzte Pflanzen. Die Aktivitätszeiten liegen am frühen Morgen und am späten Nachmittag.

KRÖTENECHSE
Die Texas-Krötenechse sitzt oft in offenem Gelände und frisst Ameisen. Trotzdem kann man sie kaum entdecken, so gut verschmilzt sie mit ihrer Umgebung. Wird sie entdeckt, ist sie durch die stachelige Haut geschützt. Außerdem kann die Echse aus ihren Augen Blut auf einen Angreifer spritzen.

Die auffälligen Farben warnen vor dem Verzehr: Das Tier ist giftig!

GILAMONSTER
Die Gila-Krustenechse (Mojave-, Sonora-Wüste) ist eine der zwei giftigen Echsenarten der Welt. Ihr Biss ist für Menschen selten tödlich, aber sehr schmerzhaft. Die Gila-Krustenechse ist hauptsächlich nachts aktiv und frisst kleine Säuger, Schlangen und Echsen.

Der Schwanz ist ein Fettspeicher.

VORNE WIE HINTEN
Bei der australischen Tannenzapfenechse kann man Kopf und Schwanz verwechseln. Ein Feind vertut sich dann schon mal und greift den Fettschwanz statt des empfindlichen Kopfes an. Dann dreht sich die Echse um und beißt zu. Tannenzapfenechsen sind nicht wählerisch: Sie vertilgen u.a. Würmer, Insekten und Obst.

Chamäleons sind Kletterkünstler. Schwanz und umgreifende Zehen geben guten Halt.

CHAMÄLEON
Ein Chamäleon sitzt auf einer Welwitschia (S.18) in der Namib. Echsen suchen oft Pflanzen auf, um die sich darunter verbergenden Insekten zu fangen. Chamäleons nehmen mit den Augen Maß und lassen ihre lange, klebrige Zunge blitzartig vorschnellen.

Auch hier dient der Schwanz als Fettspeicher.

DORNSCHWANZ
Der Dornschwanz aus der Sahara verträgt hohe Temperaturen und ihm genügen wenige Tropfen Tauwasser oder etwas Pflanzensaft bzw. die Körperflüssigkeit der Insekten, die er frisst. Er ist tagaktiv. Nur in der größten Mittagshitze zieht er sich in seinen tiefen Erdbau zurück. Bei Gefahr flüchtet sich der Dornschwanz in eine Felsspalte und verschließt diese mit dem stacheligen Schwanz. Die Fettreserve im Schwanz rettet über nahrungsarme Dürreperioden.

ECHSENEIER
Bis zu 20 Eier legt ein Perleidechsen-Weibchen (Nordafrika) in ein Gelege. Die Jungen schlüpfen nach zwei bis drei Monaten. Die bis zu 80 cm langen Perleidechsen ernähren sich von Insekten, kleinen Säugern und anderen Reptilien.

WÜSTENTEUFEL
Der über und über mit Stacheln besetzte Körper schützt den Wüsten- oder Dornteufel (Australien) vor Feinden. Wie die Texas-Krötenechse frisst auch der Dornteufel am liebsten Ameisen. Auf seinem Rücken sammelt sich morgens Tau, den sich das Tier ins Maul fließen lässt.

KOPF UND KRAGEN
Die australische Kragenechse kann eine Hautfalte am Hals wie eine Halskrause aufstellen. Die Haut des Kragens wird von knorpeligen Zungenbeinfortsätzen gestützt wie ein Schirm von seinen Streben. Wird die Echse wütend, reißt sie das Maul weit auf, zischt und faucht. Dabei öffnet sich automatisch die Halskrause. Genügt die Drohung nicht, geht die Echse zum Angriff über und beißt zu.

Der Halsbandleguan kann schmerzhaft zubeißen.

HALSBANDLEGUAN
Bei Bedrohung reißt der Halsbandleguan den Rachen weit auf. In die Enge getrieben, beißt er zu. Doch meist sucht er schnell das Weite. Der Halsbandleguan lebt in den Wüsten der südlichen USA. Er jagt bei Tage Insekten, kleinere Echsen, kleine Schlangen und Mäuse und kann sogar im Sprung Insekten aus der Luft schnappen.

Die spitzen Krallen geben Halt auf glattem Fels.

Vögel

Einige Vögel, z.B. der winzige Elfenkauz, verbringen ihr ganzes Leben in der Wüste, andere, wie der Rosakakadu, sind nur Gäste auf Futtersuche. Greifvögel wie Falken brauchen nicht zu trinken, weil sie mit ihren Beutetieren genug Flüssigkeit aufnehmen. Samenfresser wie die Flughühner dagegen müssen täglich Wasser trinken. Da es in der Wüste kaum Pflanzen gibt, sind auch Brutplätze rar. Viele Vögel, u.a. der Strauß, legen ihre Eier einfach auf dem Boden ab, doch ihre Jungen sind gefährdet. Andere, z.B. der Rennkuckuck, brüten in Gestrüpp, Spechte nisten in Höhlen in Kakteen. Wo immer es möglich ist, suchen die Vögel sich ein schattiges Plätzchen. Für einige ermöglicht der Flug in großen Höhen eine Flucht aus der Hitze der Wüste. Vögel haben eine höhere Körpertemperatur als Säugetiere und können daher auch höhere Außentemperaturen vertragen. Schwitzen können sie nicht. Stattdessen hecheln sie oder flattern bei offenem Schnabel mit der Kehle. Dieses Kehlflattern lässt Wasser aus ihren Atemwegen verdunsten und verschafft den Vögeln Kühlung.

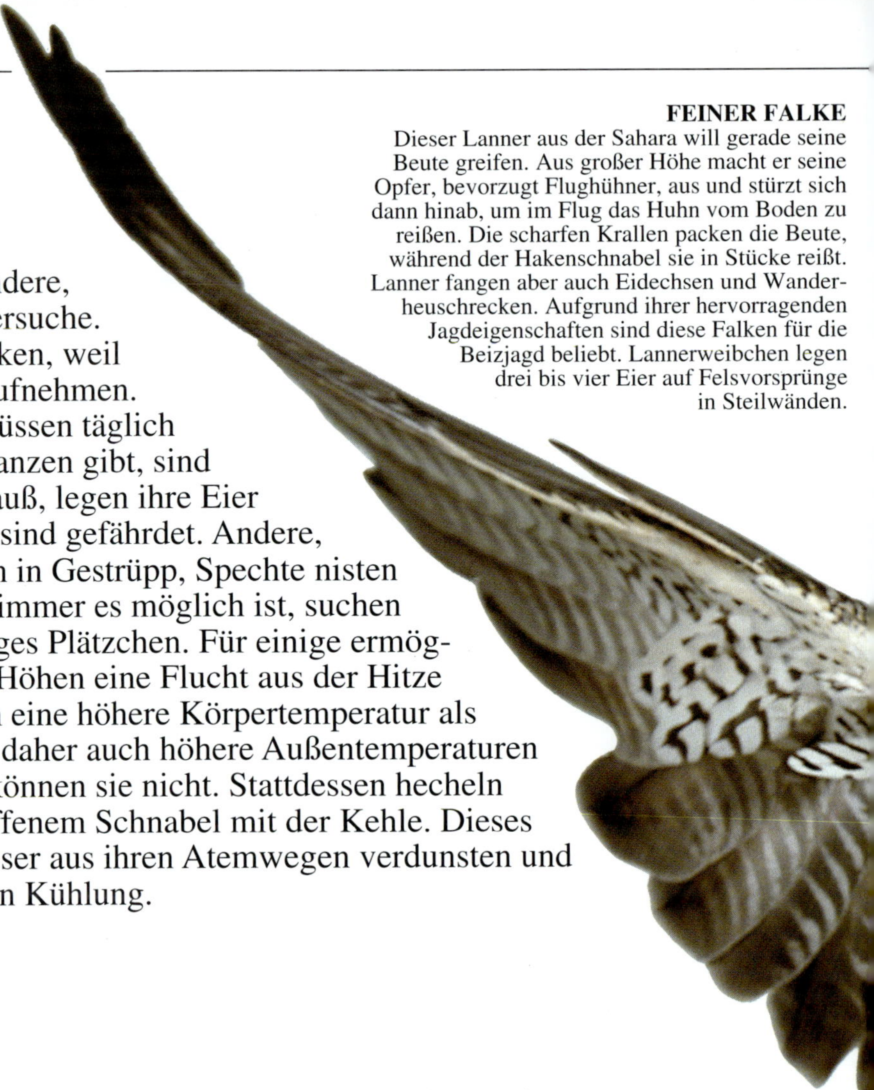

FEINER FALKE
Dieser Lanner aus der Sahara will gerade seine Beute greifen. Aus großer Höhe macht er seine Opfer, bevorzugt Flughühner, aus und stürzt sich dann hinab, um im Flug das Huhn vom Boden zu reißen. Die scharfen Krallen packen die Beute, während der Hakenschnabel sie in Stücke reißt. Lanner fangen aber auch Eidechsen und Wanderheuschrecken. Aufgrund ihrer hervorragenden Jagdeigenschaften sind diese Falken für die Beizjagd beliebt. Lannerweibchen legen drei bis vier Eier auf Felsvorsprünge in Steilwänden.

ROSAKAKADU
Dieser Papageienvogel lebt in Australien. Rosakakadus gehen lebenslange Paarbindungen ein und brüten jedes Jahr in derselben Höhle. Die Zahl der Eier hängt von den Wetterbedingungen ab. In guten Jahren können es bis zu fünf sein, in Trockenzeiten u.U. gar keines. Die Jungen, hilflose kleine Nesthocker, werden von ihren Eltern mit ausgewürgten Samen gefüttert. Nach der Brutsaison ziehen die Rosakakadus weit umher – in Schwärmen von manchmal über 100 Vögeln bis zu 100 km am Tag.

GUT ZU FUSS
Wie der Name andeutet, läuft der Rennkuckuck lieber, als dass er fliegt. Er lebt im Gestrüpp der Sonora-, Mojave- und Chihuahua-Wüste. Frühmorgens nimmt er ein Sonnenbad, um sich nach der kühlen Nacht aufzuwärmen, doch wenn es heiß wird, zieht er sich in den Schatten von Büschen zurück.

Das Bauchgefieder des Flughahns hält mit den feinen Verzweigungen der Federstrahlen Wasser fest.

WIE EIN SCHWAMM
Flughühner fliegen morgens zu einer Wasserstelle. Das Männchen watet bis zum Bauch ins Wasser, schüttelt das Bauchgefieder, bis es voll gesaugt ist, fliegt mit dem Wasservorrat zum Nest zurück und lässt die Jungen trinken. Für die Versorgung mit fester Nahrung sind beide Eltern zuständig.

Junge Strauße haben ein braun gesprenkeltes Gefieder: Tarnung im Sand und Kies der Wüste.

FLINKE KINDER
Straußenjunge können bald nach dem Schlüpfen längere Strecken laufen. Oft werden Kinder aus mehreren Nestern in einem Kindergarten von ein oder zwei erwachsenen Vögeln geführt. In nur einem Jahr erreichen die Jungen Erwachsenengröße (2,50 m).

ZIMMERMANN
Ein Gila-Specht an seinem Nest in einem Riesensaguaro: Um eine Höhle zu bauen, hackt der Specht das Mark der Kaktee heraus. Die Höhle ist kühl und sicher – eine gute Kinderstube für die Jungen, die beim Gila-Specht blind, nackt und hilflos aus dem Ei schlüpfen. Auch der Goldspecht baut seine Nester in Säulenkakteen.

ZUHAUSE
Ein Elfenkauz blickt aus einem Loch in einem Säulenkaktus. Das Loch hat ein Specht angelegt. Der winzige Kauz (Elfenkäuze werden nur 15 cm groß) ist „Nachmieter“. Elfenkäuze gibt es nur in den Wüsten der südwestlichen USA und Nordmexikos, in denen Saguaro-Kakteen wachsen.

Die Schwingen sind zum Landeanflug abgespreizt.

Die Schwanzfedern werden vor der Landung ausgebreitet. Im Flug dienen sie als Steuerruder.

Die tödlichen Fänge packen Flughühner und andere Opfer.

Hakenschnabel und spitze, kräftige Klauen: Greifvogel

WÜSTENBUSSARD
Trockene Landschaften mit Gestrüpp, wie man sie im Südwesten der USA findet, sind der Lebensraum des Wüstenbussards. Er kommt aber auch entlang der Ströme in den Urwäldern Mittel- und Südamerikas vor. Im Gegensatz zu den meisten anderen Greifvögeln paaren sich Wüstenbussard-Weibchen mit vielen Männchen. Das Nest wird erhöht angelegt, z.B. in einem Kaktus oder einem Mesquite-Strauch. Zur Beute der Wüstenbussarde zählen Kaninchen, Eidechsen, Goldspechte und Erdhörnchen.

Säuger

Kleine Wüstensäuger flüchten sich vor extremen Temperaturen in Erdbaue. Dort schwankt die Temperatur nicht so stark. Je tiefer der Bau, desto besser ist die Isolation. Daher graben einige Tiere, z.B. die nordafrikanischen Springmäuse, besonders tiefe Sommerhöhlen, in denen sie der Hitze entkommen. In den kalten Wüstennächten und im Winter ist es in einem Bau wärmer als über der Erde. Die Gänge werden aber nicht nur als Wohnung benutzt, sondern auch als Vorratsspeicher, in denen z.B. Samen für schlechte Zeiten aufbewahrt werden. Viele kleine Säugetiere in heißen Wüsten kommen erst nachts aus ihren Höhlen und meiden so die Hitze und auch tagaktive Raubtiere. Wenn Kleinsäuger ihre Verstecke tagsüber oder in mondhellen Nächten verlassen, sind sie durch ihre Fellfarbe getarnt. Einige kleine Säuger entkommen Feinden durch schnelle, weite Sprünge oder flinkes Davonhuschen.

RENNMAUS
Gerbillus perpallidus lebt in großen Gangsystemen in nordwestägyptischen Sandgebieten. Rennmäuse können etwa 50 cm weit springen. Dabei stoßen sie sich mit den Hinterbeinen ab und landen mit den Vorderbeinen. Sie können auch schnell rennen. Nachts suchen sie Nahrung. Über ihre das Innenohr umgebenden Knochenhöcker nehmen sie niederfrequente Töne wahr und erkennen so Feinde auch im Dunkeln.

Langer Schwanz zum Aussteuern von Sprüngen und schnellen Bewegungen

ZWERGHAMSTER
Der Dshungarische Zwerghamster aus den winterkalten Wüsten und Steppengebieten der Mongolei, Sibiriens und Chinas ist nur etwa 8,5 cm groß. Sein dickes Fell hält ihn warm. In den nördlichen Verbreitungsgebieten werden Zwerghamster im Winter weiß, sodass sie im Schnee getarnt sind, wenn sie ihren Bau verlassen. Wie alle Hamster haben sie große Backentaschen, in denen sie Vorräte (z.B. Samen) sammeln und in den Bau tragen.

SHAW-WÜSTENMAUS
Die Shaw-Wüstenmaus gehört zu den Sandmäusen, die nahe mit den Rennmäusen verwandt sind und eine ähnliche Lebensweise haben. Diese Art wird relativ groß – bis 20 cm. Sie kommt in den Trockengebieten Nordafrikas vor.

Mit Hilfe des Schwanzes kann die Wüstenmaus auf den Hinterbeinen balancieren.

Rotes Riesenkänguru aus Australien

GROSSE SPRÜNGE
Kängurus können mit ihren langen, kräftigen Hinterbeinen große Sprünge machen. Einige kleine Wüstensäuger wie die nordamerikanischen Känguruратten und die afrikanischen Springmäuse sehen wie Miniaturkängurus aus, weil sie auf ähnlich gebauten Hinterbeinen umherhüpfen. So können kleine Tiere schnell einem Feind entkommen.

LANGSCHWANZ
Ein Daurischer Zwerghamster hat sich auf die Hinterbeine gesetzt, um sich besser umsehen zu können. So hat er auch die Vorderpfoten frei, um Samen festzuhalten. Man findet diesen Zwerghamster mit dem relativ langen Schwanz am Rande der Wüsten und in den Steppen Sibiriens, der Mongolei, Koreas und Chinas.

STACHELMÄUSE

Wenn Stachelmäuse ihre stacheligen, abgeplatteten Rückenhaare aufstellen, wirken sie größer und auch ein bißchen igelig-ungenießbar. Ein wirksamerer Schutz vor Feinden aber ist, dass Stachelmäuse den Schwanz abwerfen können. Ein Angreifer hat plötzlich nichts außer dem Schwanz im Maul und die Maus kann schnell flüchten. Stachelmäuse sind frühmorgens, spätabends und nachts aktiv.

Wenn Stachelmäuse zwischen dunklen Steinen leben, sind sie besonders dunkel gefärbt.

Ägyptische Stachelmaus

Arabische Stachelmaus

Die Schneidezähne der Nagetiere wachsen ständig nach.

NICKERCHEN

Eine Wüsten-Kängururatte schläft in ihrem Bau in der kalifornischen Mojave-Wüste. Außerhalb der Paarungszeit leben Kängururatten allein. Tagsüber versiegeln sie ihre Baue, sodass die ausgeatmete Feuchtigkeit nicht entweichen kann. So bleibt der Bau feucht und der Körper verliert weniger Feuchtigkeit durch die Atmung.

KÄNGURURATTE

Taschenspringer, auch Kängururatten genannt, verlassen ihren Bau nachts. Sie hüpfen von Busch zu Busch und suchen Samen. Trotz ihrer trockenen Nahrung brauchen Kängururatten nicht zu trinken. Sie sparen Wasser, indem sie nur wenig Urin und sehr trockenen Kot abgeben. Wie alle Nager schwitzen sie nicht. Wenn dringend Abkühlung nötig ist, befeuchten sie ihr Fell mit Spucke.

Die großen Ohren nehmen Feinde sofort wahr.

Seitlich sitzende Augen: weites Blickfeld

Kräftige Sprungbeine

Fortsetzung von Seite 33

Größere Säugetiere

Viele größere Wüstensäuger, z.B. Wüstenigel und Wüstenfüchse, verbringen den Tag in Erdhöhlen und gehen nachts auf Nahrungssuche. Sogar die Dorkasgazelle, die selbst keine Baue graben kann, sucht bei großer Hitze in den Höhlen anderer Tiere Zuflucht. Auch die wüstenlebenden Vertreter der Katzenfamilie jagen bevorzugt nachts und ziehen sich in der Hitze des Tages zwischen Felsen oder Gestrüpp zurück. Erdmännchen dagegen sind tagaktiv. Doch sobald Gefahr droht, flüchten sie in ihre unterirdischen Gangsysteme.

Starke Bejagung und zunehmende Trockenheit führten zum Verschwinden des Löwen aus der Sahara.

GROSSKATZEN

In den südafrikanischen Wüsten leben auch heute noch Löwen. Dort hilft ihnen das Blut ihrer Opfer über die Trockenzeiten hinweg. Früher waren Löwen viel weiter verbreitet, auch in der Sahara. Geparden gibt es dort heute noch, doch nur sehr wenige. In der Kalahari jagen die eigentlich tagaktiven Geparden bevorzugt in der Kühle der Nacht.

AMEISENIGEL

Der Australien-Kurzschnabeligel gehört zu der kleinen Gruppe der Eier legenden Säugetiere. Wie Langschnabeligel und Schnabeltier leben Kurzschnabeligel in Australien, Tasmanien und Neuguinea. Mit ihrer klebrigen Zunge schlürfen sie Ameisen und Termiten auf.

DORKASGAZELLE

Diese Gazellen leben in Herden von bis zu 50 Tieren dort, wo es genug Gras gibt – von Nordafrika über den Nahen Osten bis nach Pakistan und Indien. Die Männchen haben einen Harem von bis zu sieben Weibchen. Zur Geburt ziehen sich die Weibchen aus der Herde zurück. Obwohl die Jungen gleich laufen können, sind sie vor allem direkt nach der Geburt durch Adler, Wüstenluchse und Hyänen gefährdet.

WILDESEL

Der Kulan lebt in den Wüsten Turkmenistans (Kara-kum und Kysyl-kum) in Innerasien. Im Winter hat dieser Wildesel ein dickes Fell, das ihn vor der bitteren Kälte schützt. Ein naher Verwandter des Kulan, der Khur, lebt in der heißen Thar-Wüste in Indien. Auch in einigen Gebieten der Sahara gibt es Eselherden. Diese Tiere sind aber wahrscheinlich keine echten Wildesel, sondern verwilderte Haustiere.

Große Ohren nehmen Beutetiere wahr und geben überschüssige Wärme ab.

GROSSOHR

Rüppellfüchse leben in Sand- und Steinwüsten Afrikas und Arabiens. Sie jagen bevorzugt nachts, manchmal aber auch tagsüber. Dichtes Fell an den Sohlen verhindert, dass die Füchse im Wüstensand einsinken.

Luchsartige Ohrbüschel

KARAKAL

Diese Katze lebt in verschiedenen Landschaften Afrikas und Asiens. Karakals, wegen ihrer Ohrbüschel auch Wüstenluchse genannt, sind als Vogelfänger bekannt. Sie können so hoch springen, dass sie Vögel aus der Luft fangen können. Sie jagen aber auch Reptilien und Säuger bis zu Gazellengröße.

WÜSTENIGEL
Der Äthiopische Igel lebt in Nordafrika, Arabien und dem Irak. Bei Gefahr rollt er sich zu einer unangreifbaren Stachelkugel ein. Wüstenigel wie der Äthiopische Igel graben sich Baue, in die sie sich bei Tage allein zurückziehen. In der Fortpflanzungszeit bringt das Weibchen in ihrem Bau Junge zur Welt, die sie zwei Monate lang säugt. Die Erwachsenen fressen Vögel, Eier, Skorpione und andere kleine Tiere.

SCHAKALE
Schabrackenschakale leben in den Steppen und Wüsten Ost- und Südafrikas. In der Kalahari stehen bei den Schakalen u.a. kleine Säuger, Vögel, Beeren und wilde Melonen (Letztere vor allem als Wasserquelle) auf dem Speiseplan. Schakale stehlen oft auch anderen Raubtieren wie Hyänen oder Löwen Teile ihrer Beute.

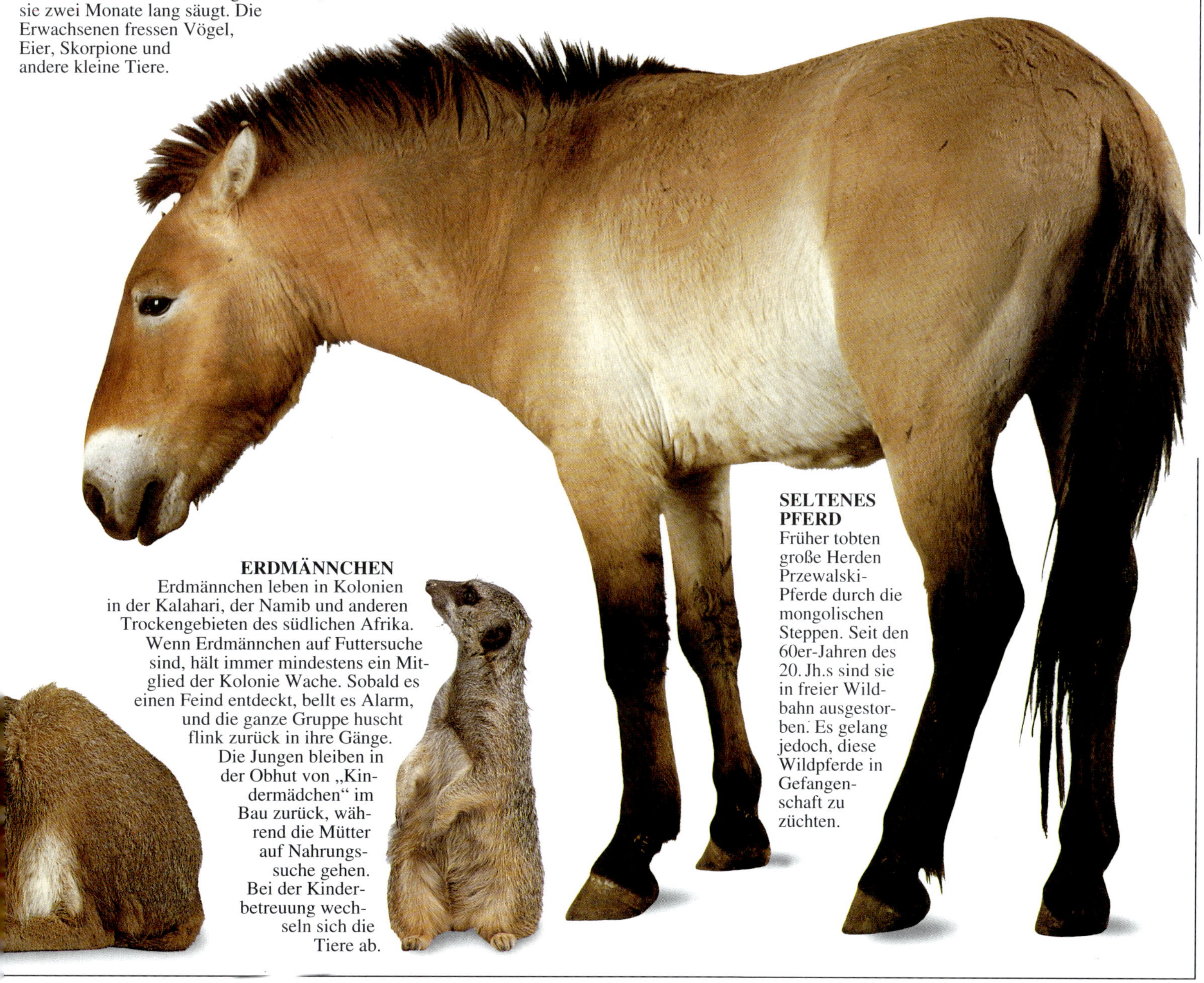

SELTENES PFERD
Früher tobten große Herden Przewalski-Pferde durch die mongolischen Steppen. Seit den 60er-Jahren des 20. Jh.s sind sie in freier Wildbahn ausgestorben. Es gelang jedoch, diese Wildpferde in Gefangenschaft zu züchten.

ERDMÄNNCHEN
Erdmännchen leben in Kolonien in der Kalahari, der Namib und anderen Trockengebieten des südlichen Afrika. Wenn Erdmännchen auf Futtersuche sind, hält immer mindestens ein Mitglied der Kolonie Wache. Sobald es einen Feind entdeckt, bellt es Alarm, und die ganze Gruppe huscht flink zurück in ihre Gänge. Die Jungen bleiben in der Obhut von „Kindermädchen" im Bau zurück, während die Mütter auf Nahrungssuche gehen. Bei der Kinderbetreuung wechseln sich die Tiere ab.

Anpassungen ans Wüstenleben

EINGEHÜLLT
Eigentlich ist der Mensch nicht besonders geeignet für ein Leben in der Wüste. Doch mit entsprechender Kleidung und der Fähigkeit, Behausungen zu errichten und Brunnen zu graben, kann er diesen Mangel mehr als ausgleichen.

Die Wüste ist kein sehr freundlicher Lebensraum, trotzdem gibt es dort eine ganze Reihe von Tieren. Sie zeigen alle besondere Anpassungen an das Leben in Trockenheit, bei extremen Temperaturen und knappem Nahrungsangebot. Ähnliche Anpassungen finden sich bei ganz unterschiedlichen Tierarten; so haben z.B. Wüstenigel und Wüstenfüchse (S.35) große Ohren zum Wärmeabstrahlen. Einige Tiere ganz unterschiedlicher Abstammung und geographischer Herkunft, z.B. der Beutelmull aus Australien und der Goldmull aus Afrika, sehen sich äußerlich recht ähnlich, weil sie beide an eine grabende Lebensweise im Sand angepasst sind. Auch Menschen leben in der Wüste. Von Natur aus ist der Mensch zwar wenig an ein Wüstenleben angepasst, aber er kann seine Umwelt weit besser als jedes Tier seinen Bedürfnissen anpassen.

KAKTUS
Auch Pflanzen zeigen typische Anpassungen an ein Leben in der Wüste (S.18–21). Kakteen haben keine Blätter, über die sie Wasser verlieren könnten. Ihre Stämme sind fleischige Wasserspeicher. Stacheln schützen vor Tierfraß.

SANDFISCH
Im Wüstensand macht der Sandskink den Eindruck, als ob er schwimme. Daher nennt man ihn auch „Sandfisch". Bei Gefahr taucht diese Echse Kopf voran in den Sand. Gegraben wird mit der schaufelförmigen Schnauze. Schlängelbewegungen des ganzen Körpers unterstützen die Grabbewegung. Das Laufen auf dem Sand wird durch die Fransenschuppen an den Füßen ermöglicht. Die Nacht verbringt das Tier in einem Bau. In den frühen Morgenstunden und am Nachmittag, manchmal aber auch mitten am Tag geht der Skink auf Insektenjagd.

Glatte Schuppen lassen den Sandskink mühelos durch den Sand gleiten.

AUF SAND LAUFEN
Die Füße des Wüstengeckos aus der Namib haben Spannhäute, die das Gewicht des Tieres auf eine größere Fläche verteilen, sodass es nicht im Sand einsinkt. Die Füße sind auch gute Grabschaufeln.

Große Augen mit schlitzförmigen Pupillen, die sich im Dunkeln stark weiten

IM SAND VERSINKEN
Die Sandotter (Nordafrika, Naher Osten) meidet die größte Hitze des Tages, indem sie sich im Sand vergräbt. Durch Schlängelbewegungen versinkt sie darin, bis nur noch Augen und Nasenlöcher herausschauen, sodass sie Beute und Gefahren entdecken kann. Nachts kommt die Sandotter aus ihrem Versteck und schiebt sich seitwärts über den Sand. Fast genauso bewegt sich die nordamerikanische Gehörnte Klapperschlange, der *Sidewinder* (= „Seitenwinder"), fort.

Die Sandotter legt ihren Körper in S-Kurven.

Vom Schwanz her laufen Wellen über den Körper.

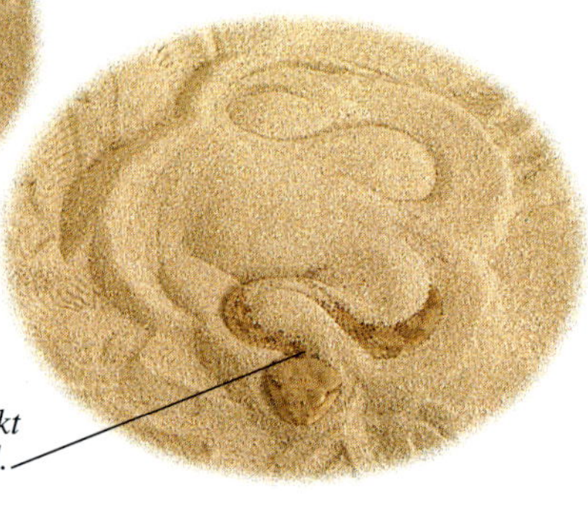

Die Sandotter versinkt immer tiefer im Sand.

IM SAND GRABEN
Ein Beutelmull hat einen Gecko gefangen. Die großen, breiten Krallen der Vorderfüße sind gut zum Sandschaufeln geeignet, die hornhautbedeckte Schnauzenspitze dient als Bohrer. Der Beutelmull ist blind, der ohrmuschellose Kopf ist ganz glatt. Junge Beutelmulle wachsen wie alle Beuteltiere in einer Bauchtasche der Mutter heran. Die Öffnung befindet sich Richtung Schwanz, sodass beim Graben kein Sand eindringt.

KAMELE

Dromedar und Trampeltier sind bestens an das Wüstenleben angepasst (S.38–39). Der Embryo (frühes Entwicklungsstadium) im Mutterleib eines Dromedars hat noch zwei Höcker angelegt, doch einer geht im Laufe der weiteren Entwicklung verloren.

Schwanz über Kopf

SONNENSCHIRM

Diese Borstenhörnchen aus den Wüsten Südafrikas sind meist am frühen Morgen und am späten Nachmittag aktiv. Ihre buschigen Schwänze dienen als Sonnenschirm, wenn sie nach Wurzeln graben, Samen, Gras, Früchte oder Eier suchen oder Insekten und kleine Reptilien fangen.

Das weiße Fell reflektiert die grelle Sonne.

WEISSE ORYX

Die Oryxantilope erreicht höchstens eine Schulterhöhe von 1 m. So bietet ihr auch niedriges Gebüsch Schutz und sie braucht nur wenig Pflanzennahrung zum Leben. Die Oryx unternimmt oft lange Wanderungen auf der Suche nach neuen Weideplätzen. Sie kann Wurzeln und Knollen ausgraben. Trinken muss sie nicht. Der Tau auf ihrer Pflanzennahrung gibt ihr genug Feuchtigkeit. Aufgrund starker Bejagung verschwand die Weiße Oryx Arabiens 1979 aus freier Wildbahn, konnte jedoch teilweise erfolgreich wiedereingebürgert werden.

FENNEK

Der Fennek oder Wüstenfuchs ist mit höchstens 40 cm Länge (ohne Schwanz) der kleinste Vertreter der Fuchsfamilie. Die riesigen Ohren dienen der Wärmeabgabe. Die heißesten Stunden des Tages verbringen die Fenneks in ihrem Bau, nachts gehen sie auf die Jagd. Sie fressen Insekten, Eidechsen und Springmäuse (rechts). Lebensraum der Fenneks sind die Sahara und die Arabische Halbinsel.

WARMES FELL

Dshungarische Zwerghamster leben in den kalten Wüsten und Steppen Innerasiens. Wie alle kleinen Tiere ist ihre Oberfläche im Verhältnis zur Masse relativ groß, sodass sie schneller Wärme verlieren als große Tiere. Doch ihr dickes Fell hält sie warm.

Durch Aufplustern wird Luft zwischen den Haaren eingefangen: eine gute Isolation.

Auch die Fußsohlen sind behaart.

Achtung!
Kamele auf der Straße!

Das Wüstenschiff

Kamele tragen Menschen und Güter bei sengender Sonne und selbst bei Sandstürmen durch die trockensten Wüsten. Sie können tagelang ohne Wasser auskommen. Weil sie ihre Körpertemperatur um einige Grade erhöhen können, ehe sie anfangen zu schwitzen, sparen sie viel Feuchtigkeit. Auch ihr Urin ist hoch konzentriert und der Kot trocken. Was die Nahrung angeht, sind Kamele genügsam: Sie fressen trockene Wüstenpflanzen und können lange Zeit von den Fettreserven in ihren Höckern zehren. Es gibt zwei Kamelarten: das Dromedar (oder Einhöckrige Kamel) und das Trampeltier (oder Zweihöckrige Kamel). Beide sind heute Nutztiere des Menschen. Wilde Dromedare gibt es nicht mehr. Nur das Trampeltier kommt auch noch wild vor.

SANDSCHUTZ
Lange Wimpern schützen die Augen vor Flugsand. Bei Sandsturm schließen Kamele die Augen. Durch ihre dünnen Lider können sie immer noch etwas sehen. Auch die Nasenlöcher sind verschließbar, sodass kein Sand in die Luftwege gerät.

DROMEDAR
Kamele speichern in ihren Höckern kein Wasser, sondern Fett. Bei Nahrungsmangel brauchen sie diese Reserve nach und nach auf und der Höcker schrumpft. Dromedare können ihre Körpertemperatur um 6 °C schwanken lassen und bis zu 1/3 ihrer Körperflüssigkeit verlieren. Für Menschen wäre beides tödlich. Um den Flüssigkeitsverlust wieder auszugleichen, kann das Dromedar 100 l Wasser auf einmal trinken.

Die langen Beine erheben das Kamel weit über den heißen Sand. In Kamelbauchhöhe ist es oft bis zu 10 °C kühler als am Boden.

LASTTIER
Kamele sind hervorragende Packtiere. Richtig beladen können sie bis zu 260 kg tragen. Ehe es Autos und Lastwagen gab, benutzte man Kamele für den Gütertransport auf weiten Strecken zwischen Nordafrika und Asien. 50 oder mehr Tiere wurden aneinander gebunden und zogen dann im Gänsemarsch durch die Wüste. Diese Karawanen machten manchmal nachts in Herbergen halt, die man Karawansereien nennt.

ZAHMES KAMEL
Vor 4000 Jahren gelangte das Dromedar als Haustier von Arabien nach Nordafrika.

KAMELMARKT
Anbieter und Käufer auf diesem ägyptischen Kamelmarkt kommen aus weitem Umkreis. Manchen Kamelen ist ein Bein hoch gebunden: So können sie nicht weglaufen und die Hengste können nicht kämpfen. Der Preis hängt von Rasse und Zustand des Kamels ab. Manche Kamele werden als Milch- und/oder Fleischlieferanten gehalten, andere züchtet man für Rennen und als Reittiere, wieder andere als Lasttiere. Auch Kamelhaar und Kamelfelle finden Verwendung, der Dung dient als Brennmaterial.

AUFSTEHEN
Ein Kamel ruht mit unter den Körper geschlagenen Beinen auf dem Boden. An den Stellen an Beinen und Brust, wo der Druck am stärksten ist, hat es Schwielen (dicke Hornhautpolster). Beim Aufstehen erhebt sich das Kamel zuerst auf die Knie, dann drückt es das Hinterteil hoch, zum Schluss das Vorderteil. Das Hinsetzen geht in umgekehrter Weise vor sich. Zum Reiten besteigt man ein Kamel, wenn es sitzt. Wenn es sich dann erhebt, muss sich der Reiter natürlich gut festhalten.

Haare halten den Sand aus den Ohren.

REITKAMEL
Kamele können am Tag über 160 km zurücklegen. Bei 10-km-Rennen erreichen Reitkamele eine Durchschnittsgeschwindigkeit von 33 km/h.

Im Gegensatz zum Dromedarhöcker kippen die Trampeltierhöcker zur Seite, wenn das Fett aufgebraucht ist.

TRAMPELTIER
Das Trampeltier, oft einfach als Kamel bezeichnet, hat zwei Höcker und ein dickes Fell, das es in den Wintern seiner innerasiatischen Heimat wärmt. Im Frühling wechselt das Tier das Fell. Die wenigen wilden Trampeltiere, die es noch gibt (etwa 1000 Tiere), leben in der Wüste Gobi.

SCHWIELENSOHLER
Mit ihren breiten Sohlenkissen können Kamele im weichen Sand laufen. Im Gegensatz zu anderen Paarhufern treten sie mit den Sohlenflächen des letzten und vorletzten Gliedes ihrer mittleren Zehen auf. Die nagelartigen Hufe sind klein; die Sohlenflächen der auftretenden Zehen sind mit dicken, federnden Schwielen gepolstert.

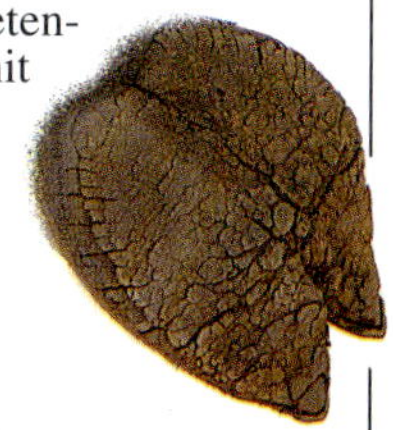

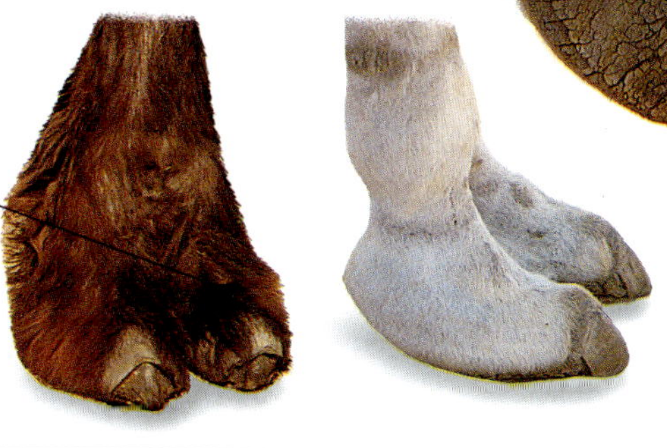

Langes, zottiges Fell bedeckt die Oberseite der Trampeltierfüße.

Kamelzubehör

Das Gros der heute lebenden Kamele sind vom Menschen gezüchtete Dromedare. Manche halten sie für abscheuliche, stinkende Tiere, doch die Wüstennomaden schätzen ihre Kamele sehr. Schließlich sind sie oft ihr wertvollster Besitz. Wie edle Pferde werden sie daher bei Festen, vor allem bei Hochzeiten und religiösen Feierlichkeiten, mit prachtvollem Zierrat geschmückt. Beliebter Schmuck sind Muscheln, Perlen, Spiegel und Quasten. Im Alltag dient das aufwendig gestaltete Kamelzubehör auch zur Dekoration menschlicher Wohnstätten. Bei den Wüstenvölkern ist das Sticken und Weben des Zierrats Frauensache, die Männer fertigen Sättel und Zaumzeug.

KOPFSCHMUCK
Der Kamel-Kopfschmuck oben (Iran) ist aus Schafwolle, das reich bestickte Stück links mit perlenverzierten Quasten (Usbekistan) ist aus Seide. Beide werden mit einer Kette unter dem Kinn des Kamels befestigt.

HALSSCHMUCK
Solche Bänder zieren Hals und Schultern der Kamele. Das Untere stammt aus der pakistanischen Provinz Sind. Es besteht aus schwerer Baumwolle und ist mit Muschelschalen verziert, die als Zeichen von Wohlstand gelten. In den letzten Jahren haben weiße Glas- oder Plastikknöpfe die Muscheln abgelöst.

Wollenes Halsband, hergestellt von Belutschen

BOMMELN UND QUASTEN
Solche Pompons und Quasten hängen vom Kopf und Hals des Kamels herab. Diese hier wurden von Belutschen gefertigt, die als Wanderhirten im pakistanisch-iranischen Grenzgebiet leben.

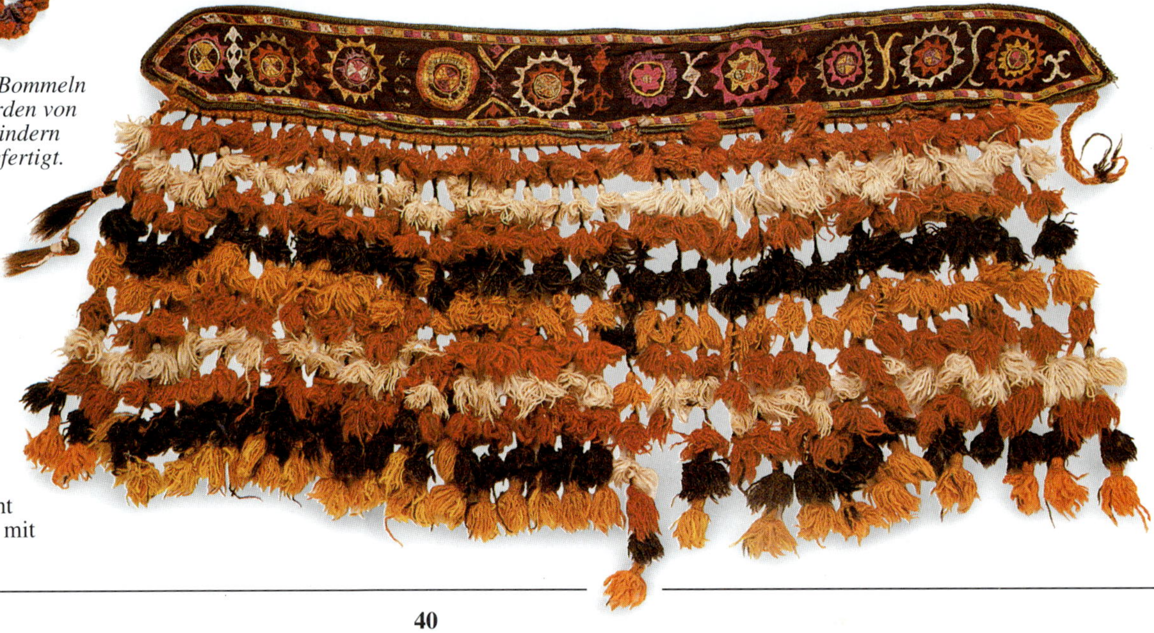

BRUSTBAND
Dieses Brustband stammt aus Rajasthan in Indien, wo Kamele von den Menschen der Wüste Thar genutzt werden. Man sieht solch ein Stück auch über der Eingangstür eines Hauses hängen. Das Band besteht aus seidenbestickter Baumwolle mit langen wollenen Quasten.

Der hoch gezogene Sattelrücken gibt dem Reiter auf langen Reisen etwas Halt.

SATTEL
Der kunstvoll bearbeitete Sattel aus Holz und Leder (Anfang 20.Jh.) gehörte einem wohlhabenden Tuareg. Die langen Riemen werden unter dem Bauch des Kamels gekreuzt, damit der Sattel nicht verrutscht.

BÄNDER
Bänder, die man von den Schultern des Kamels herabhängen läßt, zieren auch Nomadenzelte. Die kunstvolle Ausführung zeigt, dass diese Schmuckstücke besonderen Gelegenheiten oder reichen Familien vorbehalten waren.

Weiße Perlen und kompliziert geknüpfte sog. Türkenkopfknoten: typisch für usbekische Arbeiten

SPIEGELND
Diese Decke ziert das Hinterteil eines Kamels. Sie ist im typischen Stil der Sind bestickt. In der Mitte jeder gelben Blüte glitzert ein Spiegel im Sonnenlicht. Den Hintergrund bilden Knöpfe, die mit verschiedenfarbigen Fäden aufgenäht wurden.

Hölzerne Sattelknöpfe ragen durch die Satteldecke.

Die schwarzen Quasten bestehen aus Ziegenhaar, die gefärbten aus Schafwolle.

STARTBEREIT
Solche Kamelausstattungen werden von Generation zu Generation vererbt. Das Zaumzeug kann mit Zügeln versehen werden. Der Sattel besteht aus einem hölzernen Gerüst, das auf einer leinenen Satteldecke liegt, damit das Kamel nicht wundscheuert. Ein Schaffell dient dem Reiter als Sitzkissen. Auf beiden Seiten hängen quastengesäumte Satteltaschen. Der Reiter umklammert mit dem linken Bein den vorderen Sattelknauf. Das rechte Bein hängt über dem linken Knöchel.

Baumwollenes Knieband der Sind

KNIEBEDECKT
Solche Kniedeckel sind nicht sehr gebräuchlich. Sie bestehen aus sehr fein gewebter Wolle und müssen zu einem sehr kostbaren Kamelschmuckset gehört haben. Sie wurden von Belutschen gefertigt.

Haustiere

Seit Jahrtausenden züchtet der Mensch Nutztiere. Einige Züchtungen sind auf Wüsten abgestimmt, aber extremer Dürre fällt das Vieh meist zum Opfer. Selbst Kamele können die Sommermonate nicht überleben, wenn der Mensch sie nicht zu Wasser und Weideplätzen führt. Obwohl Pferde keine besonderen Anpassungen an ein Leben in der Wüste aufweisen, sind die leichtfüßigen Araber sehr geschätzte Tiere. Hunde werden bei der Jagd eingesetzt. Schafe, Ziegen und Rinder liefern Milch und Fleisch. Doch viele Wüstenrandgebiete leiden unter Überweidung, besonders dort, wo neue Bohrbrunnen die Menschen zur Haltung größerer Viehbestände verlockt haben.

Eine Klapper aus Hufen (südwestl. USA)

STRAUSS
Straußenfedern sind seit alters als Zierrat beliebt, aus Straußeneiern wird Schmuck hergestellt (S.60), die Haut der Vögel ergibt stabiles Schuhleder. In Südafrika züchtet man die Vögel auf Straußenfarmen.

Das Kopfstück des Pferdezaums passt zum Sattel.

Der Sattel liegt auf einer passenden Decke.

KÖNIGSSATTEL
Dieser prächtige Pferdesattel ist die Uniform der Araberpferde der marokkanischen Könige. Er ist mit Goldfäden bestickt. Die Könige benutzen ihn bei Staatsparaden und zur Repräsentation vor anderen Staatsoberhäuptern.

Araber tragen den Schwanz hoch.

Schlanke Beine

ARABERPFERD
Seit alters werden Pferde wegen ihrer Eleganz, ihrer Schnelligkeit und ihrer Wendigkeit im Kampf von den Beduinen hoch geschätzt. Der Araber ist die älteste Pferderasse. Seine Zucht ist schon vor 4500 Jahren auf der Arabischen Halbinsel belegt. Das „Wüstenpferd" hat große Ausdauer und Kraft. Seit dem 7.Jh. fand das Araberpferd eine immer weitere Ausbreitung. Mit dem Islam kam es nach Nordafrika und dann auch nach Spanien und Portugal.

SCHAFE UND ZIEGEN
Wo es Wasserstellen gibt, hält man Ziegen und Schafe. Ziegen weiden karge, harte Vegetation ab und ertragen größere Dürre. Einige Rassen brauchen nur alle zwei Tage zu trinken. Schafe dagegen brauchen jeden Tag Wasser. Schafe und Ziegen versorgen ihre Besitzer mit Fleisch, Milch und Wolle. Doch die Haltung von zu vielen Tieren zerstört die Wüstenvegetation.

DIE LETZTEN LÖWEN
Die Löwenjagd hoch zu Ross erforderte nicht nur geschickte Reiter, sondern auch gut trainierte Pferde. Sattel und Steigbügel hielten den Reiter fest auf dem Pferd. Als dieses Gemälde im 19. Jh. entstand, waren Löwen in der Sahara durchaus noch häufig. 1932 wurde jedoch der letzte erschossen.

SELTSAMES TIER
Trampeltiere wurden vor allem für die Verwendung als Lasttier gezüchtet. Wenn Menschen darauf reiten, sitzen sie zwischen den beiden Höckern.

ZEBU
Buckelrinder ertragen Hitze besser als andere Rassen. Ihr Fett steckt besonders in ihrem Buckel, den man mit dem Kamelhöcker vergleichen kann. Über die ungepolsterte Haut kann die Hitze besser entweichen. Das Gleiche gilt für das Fettschwanzschaf, das sein Körperfett im Schwanz speichert.

Das typische Arabergesicht: große, leuchtende Augen, geblähte Nüstern, schmales Maul

GUANAKO
Das Guanako zeigt den typischen langen, gebogenen Hals der Mitglieder der Kamelfamilie. Es lebt in der Wüste Patagoniens in Südamerika. Auch Lamas und Alpakas gehören zu den Kamelen und stammen wahrscheinlich beide vom Guanako ab. Lamas züchtet man vorwiegend als Lasttiere, Alpakas wegen ihrer weichen Wolle.

WINDHUNDE
Der Saluki oder Persische Windhund wird von den Beduinen bei der Hasen- und Gazellenjagd eingesetzt. Mit langen Beinen und einem schlanken Körper sind Salukis echte Sprinter. Sie erreichen bis zu 64 km/h. Weibchen sind die besseren Jagdhunde: Sie sind ausdauernder und vertragen die Hitze besser. Der Saluki gehört zu den ältesten Hunderassen. Er wurde schon vor Jahrtausenden auf der Arabischen Halbinsel gezüchtet.

Behausungen

Die Menschen in der Wüste brauchen Schutz vor dem rauen Klima. In einigen Gebieten baut man dauerhafte Wohnstätten; so errichten z.B. einige Indianerstämme im Südwesten der USA Stein- und Lehmhäuser. Nomaden dagegen benötigen ein transportables Heim, das sie abbauen und andernorts wieder aufbauen können, wenn sie mit ihren Herden von Weideplatz zu Weideplatz ziehen. Doch ob tragbar oder dauerhaft, ein Wüstenheim muss Schutz vor der extremen Hitze und Kälte bieten. Sowohl luftige Zelte aus dicht gewebtem Ziegenhaar als auch dickwandige Häuser sind für die Wüste geeignet. Auch wasserdicht müssen Wüstenwohnungen sein, denn wenn es einmal regnet, gießt es in Strömen.

SANHÜTTE
Die in der Kalahari lebenden San (Buschmänner) bauten sich früher Hütten aus Zweigen, die mit trockenem Gras gedeckt wurden, meist nur in der Regenzeit als Regenschutz. In der Trockenzeit genügten einfache Windschutzvorrichtungen. Ein offenes Feuer sorgte nachts für Wärme.

JURTEN
Mongolische Nomaden leben in solchen Filzzelten. Schafwollfilz wird in Bahnen über ein Holzgerüst gespannt. Durch ein Loch zieht der Rauch der Feuerstelle ab.

BEDUINENHEIM
Bei den Beduinen empfangen die Männer im einen Teil des Zeltes Gäste. Die Frauen bewohnen den durch einen gewebten Vorhang abgeschirmten anderen Teil. Wer ständig auf Wanderschaft ist, besitzt keinen umfangreichen Hausrat. Schwerter, Gewehre und Gerät zur Kaffeebereitung gehören zu den wertvollsten Besitztümern.

RIESENPLATTE
Auf diesem Beduinenteller hat ein ganzes Schaf Platz. Schafe und Ziegen werden nur zu besonderen Anlässen geschlachtet, z.B. für Gäste oder bei religiösen Festen. Die Männer sitzen auf dem Boden und essen mit den Fingern der rechten Hand alle aus derselben Schüssel. Frauen und Kinder nehmen das Mahl in ihrem Bereich zu sich.

Kein „Mobiliar“ außer Teppichen und Sitzkissen

Im Zelt ist es dunkel und daher kühl.

Das Zelt besteht aus langen Bahnen, die von den Frauen aus Ziegenhaar gewebt wurden.

Seiten- und Rückwand können angehoben werden, damit kühle Luft durchs Zelt streichen kann.

TÜRVORHANG
Diese Kamelsatteldecke aus den 30er-Jahren des 20. Jh.s stammt aus Usbekistan und wurde auch als Türvorhang benutzt. Sie ist aus Seiden- und Baumwollstücken zusammengesetzt und mit Kreuzstich bestickt.

Pueblo nordamerikanischer Indianer

Diese unterirdischen Wohnungen in Matmata / Tunesien sind seit über 2000 Jahren bewohnt.

SESSHAFT
Nicht alle Wüstenbewohner leben als Nomaden. Die Indianer der südwestlichen USA bauten Pueblos (Dörfer) aus Lehm und Stein (ganz oben). Die Menschen von Matmata in Tunesien leben in kühlen Wohnhöhlen, die sie in den Wüstenboden gegraben haben. Wüstenhäuser müssen am Tag die Hitze und in der Nacht die Kälte abhalten. Daher haben sie dicke Wände und kleine Fenster oder sind ganz in den Boden gebaut.

BEDUINENZELT
Das Zelt besteht aus Ziegenhaar, das die Sonne abschirmt und auch bei heftigem Regen kaum Wasser durchlässt. Die Seitenwände sind am Dach befestigt und können zum Schutz vor Wind, Sand und kalter Nachtluft heruntergelassen werden. Heiratet ein Mann, wird sein Zelt vergrößert.

TRAGBAR
Auch Schnecken haben ihr Haus immer bei sich.

Bei Regen saugt das feine Ziegenhaar Wasser auf, quillt auf und wird dadurch wasserdicht.

Das Zelt wird von Stangen gestützt und mit Tauen verankert. Meist stellen die Frauen es auf.

Die Frauenseite hat einen Wohnraum sowie Schlafplätze und Kochgelegenheit.

Die heutigen Beduinen verwenden leichte Kunststoffe anstelle von Holz und Metall.

Essen und Trinken

Einige Wüstenvölker, so die australischen Ureinwohner und die Buschmänner der Kalahari, lebten einst von dem, was sie in ihrer Heimat jagen und sammeln konnten. Da sie zu Fuß von einem Ort zum anderen wanderten, nahmen sie immer nur ihre Jagdwaffen und Nahrungsbehälter mit. Nomaden mit Kamelen wie die Beduinen Arabiens und Nordafrikas können mehr persönliche Habe mit sich führen. Haustiere liefern Milch und Fleisch. Doch wenn man Tiere zum Verzehr jagt, kann man die eigenen Herden schonen. Zwar hat sich das Leben vieler Wüstenvölker sehr verändert, doch sind einige alte Traditionen bis heute erhalten geblieben.

BUTTERN
Eine Beduinin schwenkt eine Ziegenhaut mit Joghurt, damit daraus Butter wird. Der Jogurt wird aus Schafs- oder Ziegenmilch hergestellt. Dazu wird die Milch gekocht und mit etwas altem Jogurt in eine Ziegenhaut gefüllt. So gelangen die Jogurtbakterien in die Milch und machen sie zu Jogurt. Nach etwa einer Stunde Schütteln wird aus dem Jogurt Butter.

Mit Bumerangs wird Wild zu Fall gebracht.

Der Hakenbumerang kann auch als Keule benutzt werden.

Die Speerschleuder hat an einem Ende einen Haken, der in eine Kerbe oder das hohle Ende eines Speers passt.

JAGD IN AUSTRALIEN
Die Eingeborenen Australiens jagen mit einfachen, aber wirksamen und oft vielseitig verwendbaren Waffen. Eine Speerschleuder erhöht die Flugweite eines Speers. Befestigt man ein Steinmesser am einen Ende, wird aus der Speerschleuder ein Schaber, mit dem man Fleisch von der Haut eines Tieres abkratzen kann, oder ein Messer, mit dem man Sehnen durchtrennen kann. Zum Feueranzünden wird die harte Kante der Schleuder gegen ein Stück weiches Holz gerieben, bis Funken sprühen. Auch als Teller ist diese Waffe geeignet.

Seil aus Pflanzenfasern und Tierhaut

GAZELLENFALLE
Diese Gazellenfalle der Tuareg funktioniert so: die spitzen Stachelstöcke bohren sich in das Bein, während sich die Schlinge immer fester zuzieht. Die Falle ist mit einem Pflock im Boden verankert. Früher wurde Gazellenfleisch gegessen. Heute stehen Gazellen unter Naturschutz, doch wahrscheinlich werden noch immer einige illegal erlegt.

PFEIL UND BOGEN
Heute jagen nur noch wenige San (S.49) mit Pfeil und Bogen. Die Jagd ist Männersache. Die Pfeile können Antilopen nicht töten, deshalb werden die Spitzen in Gift getaucht. Die Jäger verfolgen dann das angeschossene Tier, bis das Gift wirkt. Außer Fleisch essen die San auch Wurzeln, Sprosse, Früchte und Nüsse, die von Frauen und Kindern gesammelt werden.

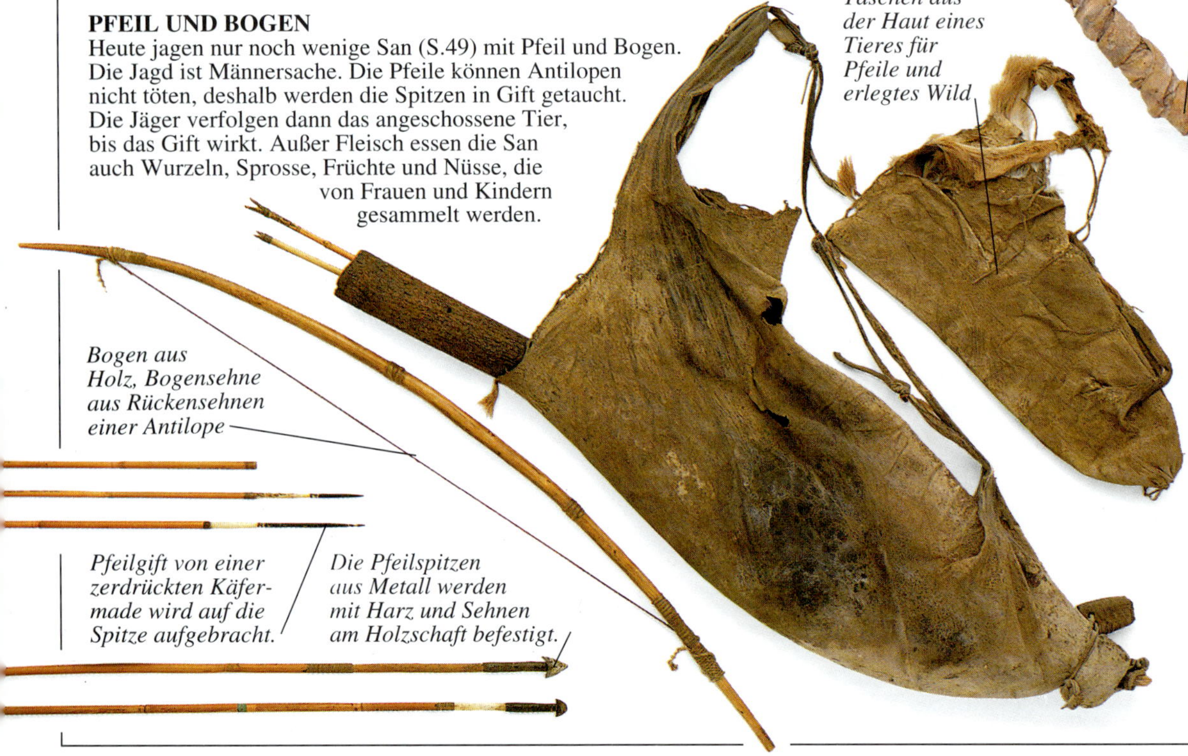

Taschen aus der Haut eines Tieres für Pfeile und erlegtes Wild

Bogen aus Holz, Bogensehne aus Rückensehnen einer Antilope

Pfeilgift von einer zerdrückten Käfermade wird auf die Spitze aufgebracht.

Die Pfeilspitzen aus Metall werden mit Harz und Sehnen am Holzschaft befestigt.

Wollband schützt den „Hals" des Sacks, damit kein Tropfen des kostbaren Wassers verloren geht.

WASSERSCHLAUCH
Dieser Sack aus Ziegenleder ist der traditionelle Wasserbehälter der Beduinen. Früher waren die Beduinen darauf angewiesen an Brunnen in der Wüste Wasser zu schöpfen. Sie planten ihre Reiserouten so, dass ihre Wasservorräte bis zur nächsten Wasserstelle reichten. Heute werden Mensch und Vieh oft mit Wassertankfahrzeugen versorgt.

Worfelkorb

Kochtopf

Holzlöffel

TUAREGGESCHIRR
Nomadisierende Tuareg verkaufen Steinsalz, das sie auf Kamelen durch die Wüste befördern, sowie Milchprodukte und verdienen Geld als Fremdenführer oder mit Kunstgewerbe. Getreide (z.B. Hirse) müssen sie kaufen. Dieses wird gedroschen, dann in einem Worfelkorb die Spreu vom Korn getrennt. Die Hirse wird zerstoßen und zu Brei verkocht, den man mit einem Holzlöffel isst.

Diese alte Schüssel ist stark abgenutzt. Metallflicken halten sie zusammen.

Diese Kalebasse ist mit Gras und Leder repariert worden.

BROTSCHÜSSEL
In solchen Holzschüsseln kneten Beduinenfrauen Brotteig. Der Teig enthält keine Hefe und keinen Sauerteig (ungesäuertes Brot). Aus dem Teig werden Fladen geformt, die auf einer Metallplatte über einem offenen Feuer gebacken werden.

ZERBRECHLICH
Zerbrechliche Keramik wie diese Zunischüssel sind für das Nomadenleben nicht geeignet. Die Zuni leben sesshaft in Pueblos (S.45). Diese hübsch verzierte Schüssel aus dem 19.Jh. diente zur Aufbewahrung von Lebensmitteln. Die Kalebassenschüssel (aus einem Kürbis gefertigt) stammt von den Fulani, einem halbnomadischen Volk vom Südrand der Sahara (S.48).

KAFFEEBEREITUNG
Bei den Beduinen bietet man einem Gast Kaffee an, den der Herr des Zeltes selbst bereitet hat. Sobald der Gast den Kaffee getrunken hat, steht er unter dem Schutz seines Gastgebers. Die Kaffeebohnen werden über dem Feuer geröstet und auf einer Holzschaufel abgekühlt. Dann werden sie in einem Mörser zerstoßen. Das Pulver wird zusammen mit Zimt in kochendes Wasser gegeben. Das Kaffeemahlen erfolgt nach einem bestimmten Rhythmus, der den anderen anzeigt, dass man Gäste hat. Der Kaffee wird aus kleinen Tassen getrunken. Höfliche Gäste trinken drei Tassen.

Mörser und Stößel

Abkühllöffel

Die Bohnen werden in der Pfanne geröstet und mit dem Löffel gewendet.

Der Kaffee wird in der großen Kanne gekocht und in der kleinen serviert..

Mit einem Zweig im Ausgießer wird der Kaffee gefiltert.

Seidener Kaffeesack eines wohlhabenden Beduinen

In dem großen Sack werden Kaffeebohnen, im kleinen Zimtsamen aufbewahrt. Beide sind aus Leder und werden an einem Zeltpfosten aufgehängt.

Männertracht

Die traditionelle Kleidung der Beduinen des Nahen Ostens und Nordafrikas und der in der Sahara lebenden Tuareg ist für ein Überleben in der extremen Hitze und Kälte der Wüste gut geeignet. Lange, wallende Gewänder schützen die Haut vor Sonnenbrand und Überhitzung und lassen Luft zur Kühlung an den Körper. Locker fallende Kleidung verhindert auch, daß Schweiß sofort verdunstet. Dadurch verliert der Körper in der trockenen Luft nicht soviel Feuchtigkeit. Schließlich ist Wasser Mangelware. Kopfbedeckungen schützen vor Sonnenstich. Tücher vor dem Gesicht sorgen dafür, dass kein Sand in Mund und Nase kommt. In der Nacht muss die Kleidung gut wärmen, ebenso in den Wintermonaten. Oft erfüllt die Kleidung noch einen weiteren Zweck: kunstvoll gearbeitete Gewänder zeigen den Reichtum und gesellschaftlichen Rang ihres Trägers.

MAKE-UP FÜR MÄNNER
Schmuckbehangen und kunstvoll geschminkt bemühen sich die jungen Wodaabemänner bei Brautschautänzen den heiratsfähigen Mädchen zu gefallen. Die Wodaabe leben als Nomaden am Rande der Sahara.

Das Leder ist mit Sorghum (Durra) rot und mit Hirsestengeln schwarz gefärbt.

SONNENHUT
Fulanimänner tragen solche Hüte beim Viehhüten, damit die Sonne ihnen nicht ins Gesicht brennt. Die Fulani leben in Westafrika am Rande der Sahara und wandern mit ihrem Vieh auf festen Routen zu neuen Weideplätzen. Der Hut ist aus Fasern gefertigt, die die Männer gesponnen haben. Die Lederverzierungen sind von Frauen hergestellt. Dieser besonders hübsch gemusterte Hut erforderte mindestens eine Woche Arbeit. Einfachere Hüte sind an einem halben Tag herzustellen.

Auf einer Seite hängen dekorative Quasten herab.

HOSENBÄNDER
Diese prächtigen Hosenbänder trugen einst Nomaden aus Usbekistan. Sie wurden knapp unterhalb des Knies zwischen dem Saum der kurzen, sackartigen Hose und den Strümpfen festgebunden. Früher sah man kaum einen usbekischen Reiter ohne solchen Zierrat. Die Bänder bestehen aus Seide und sind im Kettenstich bestickt.

TUAREG
Bei den Tuareg tragen die Männer, nicht die Frauen, einen Schleier. Es gilt für Männer als unschicklich, das Gesicht zu entblößen.

Alte und neue Verzierungen zeigen, dass dieser Hut über Generationen weitervererbt wurde.

FESTTAGSHUT
Solch ein prachtvoller Hut wurde nur bei besonderen Festen wie der Jünglingsweihe getragen. Der Hut ist im Kreuzstich bestickt und mit Perlen und Knöpfen verziert. Die weißen Perlen sind ein usbekisches Kennzeichen, doch dieser Hut stammt aus dem benachbarten Afghanistan.

ARABERTRACHT
Zur traditionellen Kleidung der Beduinen gehören eine lange weiße Tunika, ein ärmelloser Mantel und ein charakteristisches Kopftuch, das von zwei schweren schwarzen Wollschnüren gehalten wird. Die Enden des Tuches können um das Gesicht gelegt werden und schützen dann vor Sand oder Kälte (oben links). An windigen Tagen können die Enden hinten eingeschlagen werden (oben rechts). Der Mantel ist aus Kamelhaar, Wolle oder Baumwolle.

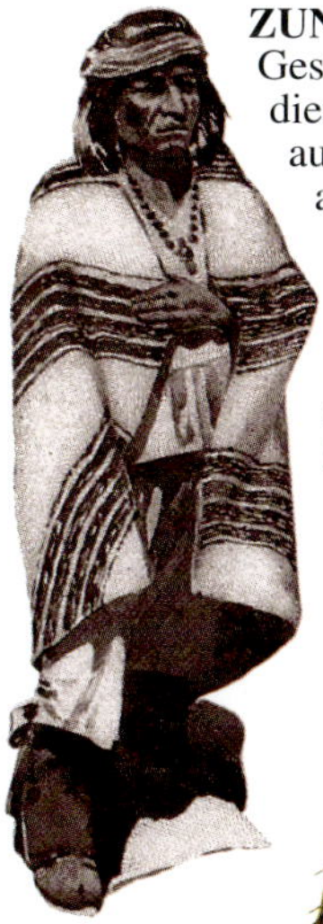

ZUNITRACHT
Gestreifte Decken dienten den Zuni aus Nordamerika als Wintermantel. Die traditionellen Stirn- und Halsbänder tragen sie noch heute.

HIRTE
Mongolische Hirtennomaden brauchen in den eisigen Wintern der Wüste Gobi warme Kleidung. Pferde waren immer ein wichtiges Transportmittel. Heute benutzt man auch Motorräder, doch wo Treibstoff knapp ist, sind Pferde zuverlässiger.

Auf der Jagd trugen die Männer ihre Pfeile in einem hölzernen Köcher über der Schulter.

SANJÄGER
Einige dunkelhäutige Wüstenvölker bevorzugen es im heißen Wüstenklima nackt zu gehen. Die Buschmänner der Kalahari trugen früher meist nur ein Lendentuch, die Frauen kurze Röcke. In kalten Nächten wurden Mäntel umgelegt. Heute tragen die meisten San moderne westliche Kleidung. Nur wenige leben noch nach althergebrachter Weise als Sammler und Jäger (S.46).

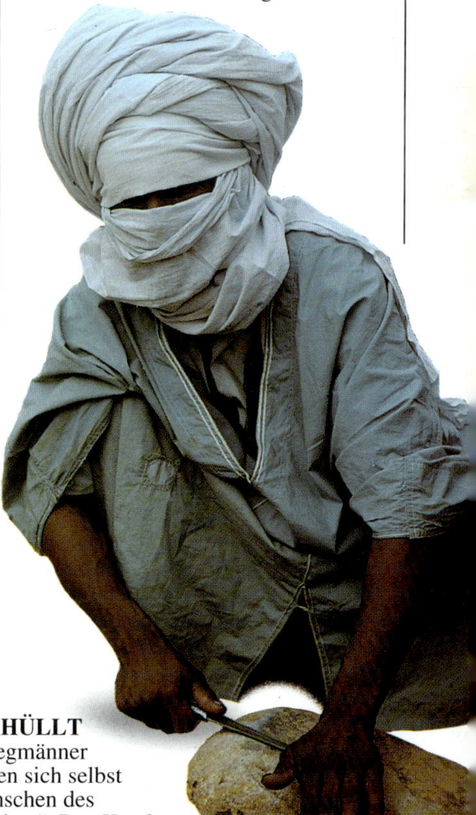

VERHÜLLT
Tuaregmänner nennen sich selbst „Menschen des Schleiers“. Das Kopftuch wird als Turban gewickelt und tief in die Stirn gezogen, die unteren Teile bedecken Gesicht und Hals. Für diese einst kriegerischen Menschen war die Vermummung ein guter Schutz auf Raubzügen. Von der Pubertät an trägt jeder Junge Tag und Nacht den *litham*.

Fortsetzung auf der nächsten Seite

Fortsetzung von Seite 49

Männliche Accessoires

Waffen sind nicht nur zum Kämpfen da. Sie sind auch Statussymbole, die Reichtum und Einfluss eines Mannes zeigen. Manche Wüstennomaden, so die Tuareg und die Beduinen, sind für ihren Kampfgeist berühmt und berüchtigt. Bei ihnen sind die Männer immer bewaffnet. Heute werden die besonders wertvollen Waffen nur noch bei Festen getragen. Bei anderen Völkern tragen die Männer mancherlei Schmuck und bemalen ihren Körper.

Dieser Riemen wird über eine Schulter gelegt, sodass das Schwert auf dem Rücken hängt.

ERBSTÜCK
Beduinen überreichten besonderen Ehrengästen Schwerter mit kunstvollen Inschriften. Das Tuaregschwert (oben) erhielt mehrfach einen neuen Griff und eine neue Scheide, als es von Generation zu Generation vererbt wurde. Die Klinge ist zweischneidig und daher besonders gefährlich.

Dieses Beduinenschwert hat eine drei Generationen alte Klinge, aber eine neue Scheide.

Mit der Perlschnur wird der Kuhschwanz am linken Oberarm befestigt.

TALISMAN
Die afrikanischen Viehzüchter-Nomaden sprechen den Huftierschwänzen magische Kräfte zu. Doch so ein Kuhschwanz ist auch praktisch: Man kann damit Fliegen vertreiben. Den abgebildeten Schwanzquast trugen Männer eines sudanesischen Stammes als Glücksbringer.

BEDUINENDOLCHE
Früher wurden solche Dolche bei Überfällen und in Kämpfen benutzt, heute schlachtet man damit nur noch Vieh oder trägt sie bei Zeremonien. Die Scheiden dieser Dolche bestehen aus silberbeschlagenem Holz. Dolchklingen sind aus Stahl, die Griffe aus Bein, Holz, Elfenbein, Horn oder Kunststoff und manchmal mit Silber beschlagen.

ALLZWECKTASCHE
Die Tuareg hängen sich Taschen wie diese aus geprägtem Leder mit einem bestickten grünen Rechteck in der Mitte um. Sie bewahren darin Geld und persönliche Habe auf, denn ihre Gewänder haben keine Taschen.

NIELLIERT
Heft und Scheide dieses Beduinendolches aus dem 19.Jh. sind im Nielloverfahren verziert: In Kerben im Silber wurde ein schwarzer Schmelz gefüllt.

DOLCHE

Tuaregdolche gibt es in verschiedenen Formen, Größen und Ausführungen. Die Tuaregschmiede und -handwerker ziehen von Sippe zu Sippe, fertigen Dolche, Schwerter und Schmuck und erzählen Neuigkeiten. Metallarbeiten sind Männer-, Lederarbeiten Frauensache.

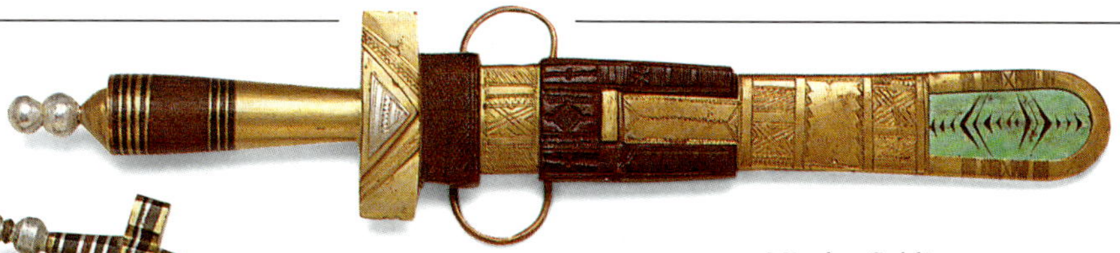

Mit den Schlingen wird der Dolch am Gürtel befestigt.

Dieses Leder wurde grün gefärbt, damit es wie Grünspan aussieht, der sich auf Metallen wie Kupfer, Messing und Bronze bildet, wenn sie der Luft ausgesetzt sind.

Die Scheiden sind aus Leder gefertigt und mit Silber und Messing verziert.

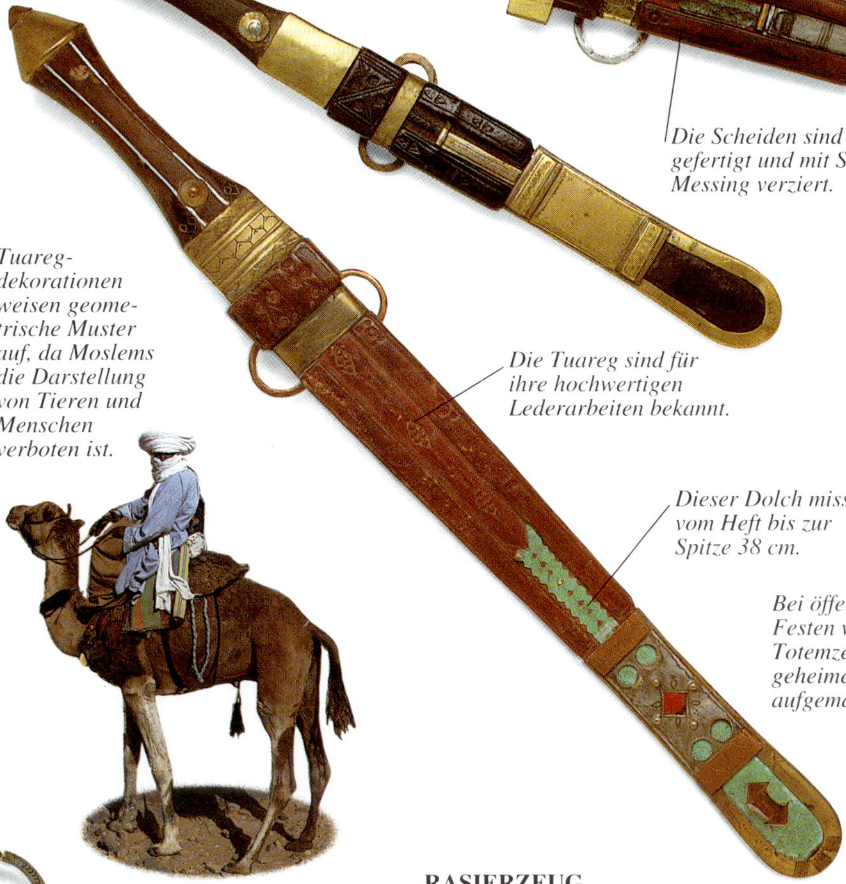

Die Tuareg sind für ihre hochwertigen Lederarbeiten bekannt.

Dieser Dolch misst vom Heft bis zur Spitze 38 cm.

Tuaregdekorationen weisen geometrische Muster auf, da Moslems die Darstellung von Tieren und Menschen verboten ist.

Bei öffentlichen Festen werden keine Totemzeichen oder geheimen Symbole aufgemalt.

KÖRPERBEMALUNG

Die australischen Aborigines bemalen ihre Körper für kultische Tänze. Dieser Mann gehört zum Volk der Arrernte (Aranda), die in der Simpson-Wüste leben.

HOCH ZU KAMEL

Ein bis an die Zähne bewaffneter Tuareg auf einem Kamel muss ein Furcht erregender Anblick gewesen sein. Heute dienen die Waffen meist nur noch zeremoniellen Zwecken.

RASIERZEUG

Mit solchen Messern rasierten sich australische Eingeborene. Die Klinge wurde aus Flaschenglassplittern gefertigt und mit Harz in einen hölzernen Schaft geklebt.

Auf den Klingen fand man Spuren von Menschenblut.

Diese Art Gewehr entstand zur Zeit des Osmanischen Weltreiches im 18.Jh.

FEUERWAFFEN

Feuerwaffen benutzten die Beduinen ab dem 18.Jh. Das Gewehr löste den Speer ab und erleichterte die Jagd. Doch Wild wie die Oryxantilope wurde zu stark dezimiert, als die Menschen es mit Gewehren und Motorfahrzeugen jagten. Pistolen benutzten die Beduinen im 19. und 20.Jh. im Zweikampf. Die Munition für ihre Waffen steckten sie in den Gürtel oder trugen sie in schräg über die Brust gelegten Patronengürteln.

Magazin für Patronen

Frauenkleidung

Herkömmliche Frauenkleidung wie diese aus Jordanien ist dem Wüstenklima angepasst. Kopfbedeckungen, lange, locker fallende Gewänder und oft mehrere Lagen Stoff übereinander schützen vor den extremen Temperaturen und der brennenden Sonne. Vor allem die Trachten des Nahen Ostens sind sehr züchtig. Sie verschleiern die Körperformen und bedecken Kopf, Arme und Beine. In manchen Ländern tragen die Frauen außer Haus einen Schleier, eine Kopfbedeckung und einen Mantel. Kunstvolle Trachten sind ein Zeichen von Reichtum und werden nur zu besonderen Anlässen angelegt. Schmuck wird auch getragen, um Wohlstand zur Schau zu stellen; manche Schmuckstücke sind Amulette, die Böses abwehren und Glück bringen sollen.

Bunte Bordüren, im Flach- und im Knopflochstich aufgestickt

Gurkenamulett

AUFWENDIG
Die Rück- und Seitenansicht der jordanischen Tracht zeigt, wie kunstvoll die Kopfbedeckung gearbeitet ist. Ein einfacher schwarzer Schal bedeckt Kopf und Hals. Die Silbermünzen, die die Stirn bedecken, sind russischer und osmanischer Herkunft; die Münzen auf dem vom Hinterkopf herabhängenden Band sind österreichische Maria-Theresien-Taler (Levantetaler).

Solche Münzen waren wegen ihres hohen Silberanteils beliebt und wurden oft auch eingeschmolzen.

ZUNIGÜRTEL
Solche farbenprächtigen Wollgürtel von Anfang des 20. Jh.s wurden, mehrmals um die Taille geschlungen, zur Alltagskleidung der Zunifrauen getragen. Die Zuni sind Indianer aus Neumexiko und Arizona.

GRUNDFARBE SCHWARZ
Die traditionellen Trachten der Wüstenvölker wurden aus Naturfasern hergestellt, diese Tracht aus den 50er-Jahren des 20. Jh.s z.B. aus Baumwolle. Das längliche „Gurkenamulett" enthält ein Stück Papier mit Versen aus dem Koran, dem heiligen Buch des Islam. Der Anhänger ist mit Halbmonden, dem Symbol des Islam, verziert. Die Frau trägt einen beduinischen Wasserkrug.

Das Stirnband aus Silbermünzen erhält die Frau am Hochzeitstag als Teil der Mitgift (S.54).

Die Korallen stammen aus dem Roten Meer oder aus dem Mittelmeer.

Ein passender Umhang wird über eine Schulter gelegt oder als Kopfbedeckung verwendet.

Das Muster ist nicht aufgedruckt. Die Fäden wurden vor dem Weben gefärbt.

Die heutigen Körbe sind meist aus Nylon geflochten, da moderne Erntemethoden das Stroh zerstören.

Das Gewand besteht aus glänzender Satinbaumwolle.

BEHÜTET
Hüte sind nützlich: sie schützen den Kopf vor der sengenden Wüstensonne. Dieser Kinderhut ist mit einem usbekischen Muster kunstvoll bestickt. Der untere Rand ist mit einem halben Reißverschluß eingefasst.

GLANZSTÜCK
Für dieses prachtvolle jordanische Gewand aus den 30er-Jahren des 20. Jh.s wurde viel Material verbraucht. So zeigte man seinen Reichtum. Das überlange Gewand wird mit dem wollenen Gürtel nach oben gerafft, damit es nicht am Boden schleift. Der rechte Ärmel ist länger als der linke, er wird aufgerollt und an der Schulter festgesteckt. Das war damals Mode. Die Halskette besteht aus wertvollen Korallen und Silber. Die Amulettrolle enthält Koranverse.

Mit dem Holzstäbchen wird Khol auf den Innenrand der Augenlider aufgetragen.

Blaue Perlen sollen den „bösen Blick“ abwehren.

SCHMINKBEUTEL
Dieser wattierte Seidenbeutel einer Beduinenfrau enthält einen kleinen Glasflakon mit Khol, einem schwarzen Pigment zum Färben der Lidränder, das bei Moslemfrauen und in Indien beliebt ist. Durch das schwarze Make-up wirken die Augen größer und ausdrucksvoller. Khol gilt auch als Mittel gegen Augenkrankheiten und wird deshalb oft schon bei Kleinkindern verwendet.

KAMELTASCHE
Diese prachtvoll bestickte indische Tasche ist Teil einer Mitgift. Sie schmückte das Kamel, das die Braut trug. Das Muster wurde von Männern vorgezeichnet und dann von Frauen mit pflanzengefärbten Fäden gestickt.

Spiegel als Dekoration

Taschen für die Mitgift

Wüstenbräute

In Jordanien tragen die Bräute traditionelle Hochzeitskleider, die später bei besonderen Anlässen wieder hervorgeholt werden. Sowohl bei den Nomaden als auch bei sesshaften Bauern bekommen die Frauen zur Hochzeit Silber- oder Goldschmuck geschenkt. Dieser Schmuck bleibt zeitlebens persönliches Eigentum der Frau. Die Braut erhält auch Geld und bestimmte Lebensmittel, z.B. Reis und Zucker. Der Bräutigam zieht mit seiner Familie in einer Karawane (heute ist es meist eine Autokarawane) zum Zelt oder Haus der Familie seiner Braut und holt sie dort ab. Unterwegs schießen die Männer immer wieder mit Gewehren in die Luft, die Frauen singen den ganzen Weg über. Die Hochzeitsfeierlichkeiten dauern drei Tage, manchmal auch länger. Frauen und Männer feiern getrennt. Meist heiratet man in Jordanien an einem Donnerstag oder an einem Freitag, dem heiligen Tag der Moslems.

Das Muster ist eingehämmert.

Schwarzschmelzmuster

Ein Armreif aus Ägypten

Eines von zwei silbernen Ohrgehängen aus der Wüste Sinai

GLITZER
Eine Beduinin erhält bei ihrer Hochzeit Schmuck von der Familie ihres Bräutigams oder von ihrem Vater. Der Schmuck einer verheirateten Frau ist ihr Eigentum und eine Art Versicherung für die Zukunft. Anfang dieses Jahrhunderts waren Niello-Arbeiten sehr beliebt, weil diese Schwärzung nur auf Gegenständen mit hohem Silberanteil möglich ist. So weiß der Käufer, dass er wirklich ein gutes Stück erworben hat. Heute ist Gold beliebter als der traditionelle schwere Silberschmuck.

Der Schleier ist sehr schwer. Er wird deshalb nur außer Haus getragen.

Das separate Kopftuch ist passend zum Kleid bestickt.

WÜSTENSCHLEIER
Die Muster auf diesem Brautkleid aus den 40er-Jahren des 20. Jh.s sind aufgestickt. Die Herstellung des Gewandes kostete also viel Zeit und Mühe. Der handgewebte Gürtel ist mit Kaurischnecken verziert, die als Glücksbringer gelten. Der Münzenschleier ist mit Perlenschnüren und Ketten vorn und seitlich am Kopftuch befestigt. Diese Tracht stammt von der Sinaihalbinsel.

Der Seidenschal schmückt und hält das Kopftuch.

BRAUT IN SCHWARZ
Nicht in allen Kulturen ist Weiß die typische Brautkleidfarbe. Diese jordanische Braut trägt ein schwarzes Kleid aus den 50er-Jahren des 20. Jh.s, dazu Amulette. Der Fisch gilt als Symbol der Fruchtbarkeit und ist im Nahen Osten nicht nur als Motiv für Brautschmuck beliebt.

SEIDE
Eine Röhre aus schwarzem Seidencrêpe bedeckt Kopf und Hals der Braut. Der um den Kopf gewundene Schal ist aus golddurchwirkter syrischer Seide. In der Hand hält die Braut eine alte Messingkaffeekanne.

MITGIFTTASCHE
Diese Börse stammt aus Rajasthan in Indien. In ihr trug die Braut ihre Mitgift aus dem Haus ihres Vaters zu dem ihres Ehemannes. Die Tasche besteht aus einem kunstvoll bestickten Quadrat, bei dem drei Ecken in der Mitte zusammengenäht sind. Die vierte kann zum Verschließen der Tasche umgeklappt werden. Spiegel sind typisch für die westasiatische Shisha-Stickerei.

Der Trageriemen ist neu. Der alte war kaputt.

KAMELTASCHE
Dieser aus Wolle gewebte Mitgiftbeutel wurde dem Kamel umgehängt, das die Braut trug. Er stammt aus Afghanistan.

Die bunten Streifen sind im Plattstich gestickt, der Rest im Kettenstich.

Silbernes Amulettkästchen für Koranverse

Als Kontrast wurde auf den schwarzen Stoff weißer aufgenäht.

Schmuck

Für die Nomaden war Schmuck immer eine Art transportables Bankkonto und eine Versicherung für schlechte Zeiten. Wenn das Vieh in Dürrezeiten starb, hatte man noch etwas auf der hohen Kante. Die Navajo aus den Trockengebieten der südwestlichen USA verpfändeten ihren Schmuck früher über den Winter, damit sie in der kalten Jahreszeit, wenn sie kein Geld mit Schafzucht verdienen konnten, zu essen hatten. Schmuck kann aus ganz alltäglichen Materialien hergestellt sein. Doch besser verkäuflich und als Geldanlage besser geeignet ist natürlich Geschmeide aus Edelsteinen und Edelmetallen. Das Design kann Zeitströmungen aufnehmen, in manchen Gegenden ist es aber schon seit Jahrhunderten unverändert. Bestimmte Figuren und Muster haben symbolische Bedeutung oder gelten als Glücksbringer.

Stilisierte Kürbisblüte

Silberner Halbmond mit unterschiedlich gefärbten Türkisen

ARMREIFEN
Solche silbernen Armreifen (oben) sind bei Tuaregfrauen beliebt. Sie bestehen aus einer einfachen, rundgebogenen Silbernadel. Das Muster ist aufgeprägt oder eingeritzt. Das Wodaabearmband (rechts) ist aus Leder und mit Kupfer und Messing verziert. Wodaabefrauen und -mädchen tragen bei Festen oft viele solcher Armbänder.

TÜRKISRINGE
Die Kombination Silber und Türkis ist bei indianischen Silberschmieden sehr beliebt. Diese Ringe sind Navajoarbeiten. Türkis ist ein Mineral, das man in trockenen Regionen der Erde, u.a. in Neumexiko, Arizona und Nevada, findet.

Diese Tuaregamulette sind aus Achat, einem Halbedelstein.

TUAREGAMULETTE
Amulette sollen Unheil abwehren und werden meist um den Hals getragen. Der große Glücksbringer besteht aus Silber und ist an einer Lederschlinge befestigt. Das runde Amulett, nach seiner Form Schildkrötenamulett genannt, ist aus alten Silber-Nickel-Münzen gefertigt.

Kunststoffperlen

Durch die Metallösen wird eine Lederschnur gefädelt.

KNÖCHELSCHMUCK
Bei den Wodaabe werden solche Fußkettchen von beiden Geschlechtern getragen. Vor allem bei den Feierlichkeiten zu Beginn der Regenzeit tragen die Wodaabe viel Schmuck. Der Höhepunkt dieses Festes ist die Schönheitskonkurrenz der jungen Männer, bei der sie von den schönsten unverheirateten jungen Frauen beurteilt werden.

KÜRBISBLÜTEN

Das Kürbisblütendesign dieser Navajohalskette hat sein Vorbild im Granatapfelblüten-Schmuck der spanischen Siedler des 16.Jh.s. Auch der Halbmond ist von den Spaniern übernommen, den diese wiederum den moslemischen Mauren abgeschaut hatten. Erst seit Mitte des 19.Jh.s beschäftigen sich die Navajo mit Silberschmiedearbeiten. Anfangs schmolzen sie Münzen ein, später kauften sie reisenden Händlern Barren oder Platten ab.

Duft-halsband aus der Provinz Sind

Achat-halskette aus dem Sudan

Glas-perlenkette der Fulani

HALSKETTEN

Solange man es um den Hals legen kann, eignet sich fast alles als Material für eine Halskette: Zähne, Ton, Glas, Seide und Steine. Das Halsband aus der Provinz Sind besteht aus Gewürznelken, Seide und Glasperlen. Die Nelken duften noch immer, obwohl die Kette schon über 50 Jahre alt ist. Die Fulanikette stammt von Anfang dieses Jahrhunderts und wurde von jungen Frauen und Männern dieses westafrikanischen Nomadenstammes getragen.

Halskette australischer Aborigines aus Känguruzähnen und bemaltem Harz

HAARNADEL

Diese goldene Haarnadel aus dem Sudan hielt und schmückte jede Frisur.

NICHT GANZ EIN KREUZ

Manche dieser Tuaregkreuze stellen das altägyptische Anch (Symbol des Lebens) dar. Die Tuaregs sind Moslems, doch die Silberschmiedearbeiten zeigen den Einfluss vieler Kulturen. Es gibt etwa 21 verschiedene Tuaregkreuze, die von den Männern als Zeichen der Zugehörigkeit zu einer bestimmten Sippe getragen werden. Erfinderische Tuaregsilberschmiede verwenden oft Altmaterialien, z.B. Münzen, aber auch Teile von Autos.

Teil eines Auto-Bremslichts

PERLEN

Die gelblichen Perlen dieser Halskette aus dem Sahel (Südrand der Sahara) sind aus Kopal, einem jungen Bernsteinharz, gefertigt. Dieses halbfossile Harz gilt in ganz Afrika als sehr wertvoll. Gefädelt wurde die Kette von Tuareg im Niger. Für die äußere Kette wurden auch Perlen aus Bein, Silber, Glas und Straußeneierschalen verarbeitet.

Scheiben aus Straußeneierschalen

In Knochenperlen gebranntes schwarzes Muster

Kopal duftet, wenn man daran reibt.

Spinnen und Weben

Die Wüstennomaden sind bekannt für ihre dekorativen und zugleich praktischen Webarbeiten. Wolle zum Weben liefert das eigene Vieh oder sie wird auf den Märkten in den Städten gekauft. Zuerst wird die Wolle zu Garn versponnen, dann kann sie gefärbt werden. Unhandliche Webstühle können Wanderhirten nicht gebrauchen, das Webgerät ist also bei den Nomaden leicht und gut zu transportieren und oft aus einfachen Materialien selbst hergestellt. Beduinenfrauen sind geschickte Weberinnen. Sie fertigen lange Zeltbahnen, Zeltvorhänge, Kissenbezüge, Satteltaschen und Behänge für Kamele und Pferde.

GARNSPINNEN
Beduinenfrauen verarbeiten gewaschene Schafwolle, die sie als Rohwolle kaufen, oder Wolle, die die Männer von den eigenen Schafen und Ziegen scheren. Der Zweck des Spinnens ist, die Wolle zu einem festen Garn zu verdrillen. Zuerst wird die Wolle jedoch auseinander gezupft, damit sie gleichmäßiger wird. Dann wird das Garn mit einer Spindel gesponnen und aufgewickelt. Wenn die Spindel voll ist, wird der Faden ab- und zu einem losen Strang gewickelt.

Metallhaken auf der Spindel

ZIEHEN
Die Spinnerin zieht einen Faden und schlingt ihn um den Haken an der Spindelspitze.

SPINNEN
Die Spindel wird auf dem Schenkel gerollt, dann losgelassen, sodass sie sich dreht.

Das Kreuz an der Spindelspitze verhindert, dass die Wolle herabrutscht.

WICKELN
Dann wird das Garn um den Griff der Spindel gewickelt.

Die Kamele sind stilisiert, da der Islam die naturgetreue Darstellung von Tieren verbietet.

KAMELTASCHEN
Zum Transport auf einem Kamel packt man viele Dinge in Satteltaschen. Solche Packtaschen werden zum Gütertransport und zum Aufbewahren der persönlichen Habe benutzt, wenn eine Sippe von einem Ort zum nächsten zieht. Meist werden abstrakte Muster gewebt, Quasten sind eine beliebte Verzierung.

Mit diesen Schnüren wird das Band befestigt.

KINDERWERK
Das Webmuster auf diesem Kamelbrustband aus Usbekistan ist relativ ungenau gearbeitet. Ein Mädchen von etwa zehn Jahren fertigte diese Arbeit aus Wollresten. Die Töchter lernen das Weben von ihren Müttern.

Synthetische Farben sind viel kräftiger als Naturfarben.

REGENBOGEN-FARBEN

Früher benutzten die Beduinen nur Naturfarben, heute auch synthetische Farben. Die Wolle wird in Strängen gefärbt und zum Trocknen aufgehängt. Vor dem Weben muss man sie zu Knäueln wickeln. Nomaden weben an einfachen, transportablen Rahmen (rechts). Sesshaft gewordene Beduinen aber verwenden heute Webstühle, die sich leichter bedienen lassen.

KETTFÄDEN

Die Kettfäden werden zwischen den Metallbäumen gespannt, die beiden Lagen von einer hölzernen Schiene auseinander gehalten. Mit einem Schiffchen werden die Schussfäden durch die Kettfäden geführt.

Als Schiffchen dient ein einfaches, mit Wolle umwickeltes Stück Holz.

SCHUSSFÄDEN

Wenn das Schiffchen einmal durch die Kettfäden geführt ist, müssen die unteren Kettfäden nach oben und die oberen nach unten gebracht werden, damit beim Durchschießen ein Gewebe entsteht.

Beduinenwebrahmen aus Häringen, Metall- und Holzstangen und Steinen

Der Steinpflock hält die Spannung der Kettfäden (wichtig für eine gleichmäßige Arbeit).

KÄMMEN

Die Weberin drückt die Holzschiene gegen den letzten Schussfaden, damit das Gewebe dicht wird.

Diese Frau trägt die traditionellen Gesichtstätowierungen jordanischer Beduinenfrauen.

DICHT AN DICHT

Nach einigen Reihen schiebt die Weberin die Schussfäden noch einmal mit einem Metallhaken zusammen. Je mehr sie klopft und schiebt, desto dichter wird das Gewebe. Beim fertigen Stoff sieht man dann nur noch die Schussfäden.

Ganz einfache, alltägliche Materialien

Schafwolle ist weicher und leichter zu spinnen als Ziegenhaar.

Ziegenhaar wird nur für Zelte verwandt; aus Schafwolle fertigt man Vorhänge, Kleiderstoffe, Kissen etc.

TEPPICHWEBEN

Ein Webrahmen kann bis zu 12 m lang sein. Die größte Stoffbreite ist 3 m. Dafür müssen zwei Frauen den Webrahmen bedienen. Für einen etwa 4 m langen Webteppich, wie er hier entsteht, braucht eine Frau zwei bis drei Tage.

Handwerkskunst

Das Leben in der Wüste ist hart. Doch die Nomaden und die Bewohner der Wüstendörfer finden trotz allem Zeit, kunstvolle Dinge zur Verschönerung ihres Lebens herzustellen. Manches hat praktischen Nutzen, anderes ist Festlichkeiten vorbehalten, wieder anderes dient dem reinen Vergnügen. Die kunstgewerblichen Gegenstände finden auch Käufer außerhalb des Kulturkreises. So gibt es viele Liebhaber indianischer Töpferkunst. Die Materialien, z.B. Holz und Ton, findet man in der Wüste oder man erhält sie, wie z.B. Leder, als Nebenprodukt aus der Viehzucht. Heute werden auch moderne Materialien verwandt und z.T. mit traditionellen kombiniert.

SCHMÜCKENDE PERLEN
Frauen und Mädchen der San flechten sich gern Perlen ins Haar. Sie fädeln auch ihren Arm-, Kopf-, Hals- und Fußschmuck selbst. Sie kaufen Glasperlen oder fertigen Perlen aus Straußeneiern.

Typische Tuaregmuster

SATTELKISSEN
Auf solch einem Kissen sitzt man bequemer im Sattel und kann leichter lange Strecken reiten. Es besteht aus Leder und wird auf den Kamelsattel der Tuareg gelegt (S.41). Der fransenlose Teil liegt hinter dem vorderen Sattelknauf.

Saite und Bogenbespannung aus Rosshaar

Resonanzkörper: Holzrahmen mit Ziegenlederbespannung

BEDUINENFIEDEL
Dieses Instrument wird von den Männern am Lagerfeuer für Gäste gespielt. Die Spieltechnik erlernen schon die Kinder. Die Beduinen sind für ihre Gastfreundschaft bekannt, die ihnen heilig ist. Sie geben Fremden in der Wüste Nahrung und Schutz.

FELSKUNST
Die Ritzungen auf diesem jordanischen Felsen sind mindestens 2500 Jahre alt. Sie zeigen eine Herde gesunder Kamele (mit dicken Höckern) und ihre Jungen. Solche Felskunst findet man in vielen Wüsten. Sie zeigt, wie es früher dort aussah und wer dort lebte (S.6–7).

Hopi-Indianer (Foto von Anfang des 20.Jh.s)

HOPIPUPPE

Die Hopi betreiben in den Trockengebieten Arizonas Landwirtschaft. Mit solchen Puppen lehren sie die Kinder ihren Glauben an die Geister der Pflanzen, Tiere, Ahnen und Orte. Kachinas nennt man die Puppen wie die Geister selbst und die maskierten Tänzer, die bei Festen (z.B. Regenzauberritualen) die Geister darstellen. Die Puppen werden aus Pappelwurzeln geschnitzt und vor dem Bemalen mit weißem Ton überzogen.

Moderne Kachinas sind mit Plakafarbe bemalt.

SILBER UND GLAS

Früher fertigten die Tuaregsilberschmiede ihre Waren für die Edlen der Tuareg, doch heute arbeiten viele in den Städten und verkaufen ihre Kunstwerke an Touristen. Für ein solches Tuaregkreuz wird das Muster in Wachs geritzt und um das Wachs eine Form getöpfert. Das Wachs wird dann weggeschmolzen und die Form mit Silber gefüllt. Nach dem Erkalten wird die Form entfernt und die Oberfläche mit Mustern versehen.

Die Inschrift (ein Koranvers) in klassischem Arabisch soll Glück bringen.

Federmuster

KUNSTVOLLE KERAMIK

Schon seit über 1600 Jahren fertigen die Indianer im Südwesten der heutigen USA Tonwaren: Töpfe zum Kochen, zum Aufbewahren von Lebensmitteln und für Kulthandlungen. Diese ungewöhnlichen schwarzen Töpfe sind Werke von Maria Martinez aus San Ildefonso in Neumexiko. Sie schuf diese Farbe, indem sie besonderen Ton und Sand aus der Wüste verwendete und dem Brennfeuer Kuhdung zufügte. Gebrannt wurde im traditionellen offenen Brennfeuer, bei dem Windböen die ganze Arbeit zunichte machen können.

Das Muster ist in das Holz gebrannt und eingefärbt.

DIDJERIDU

Didjeridus gehören nicht zu den typischen Wüsteninstrumenten, werden aber gern von den australischen Aborigines gespielt. Sie werden aus von Termiten ausgehöhlten Eukalyptuszweigen hergestellt. Einen geeigneten Zweig findet man, wenn man die Bäume auf ein hohles Geräusch hin abklopft.

FÜR ZWEI

Derartige Dromedarsattelgestelle für zwei Personen verwenden die Nomaden der pakistanischen Provinz Sind und Afghanistans. Solch ein kunstvolles Stück war einem Stammeshäuptling vorbehalten. Das Holz ist mit Messing eingelegt und überzogen.

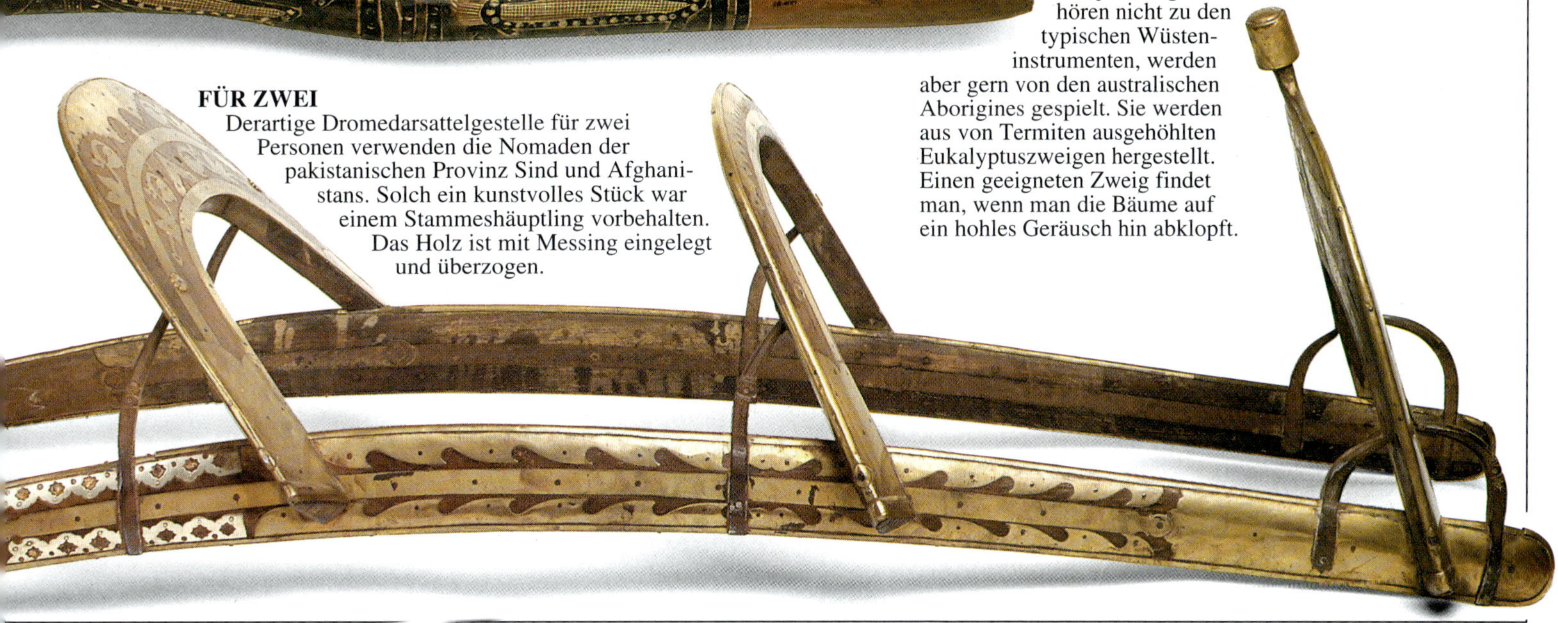

WILFRED THESIGER
Thesiger erforschte als einer der ersten Europäer die berüchtigtste Wüste der Welt, das „leere Viertel" (Rub al-Khali) der Arabischen Halbinsel (S.12). Der Name deutet an, wie unwirtlich diese Wüste ist. Dort lebt niemand. Nur in den Wintermonaten, wenn nach dem Regen Pflanzen sprießen, kommen die Beduinen, um ihre Kamele zu weiden. Thesiger reiste mehrmals in Begleitung von Beduinen auf Kamelrücken durch die Rub al-Khali und durch Oman und legte dabei zwischen 1945 und 1950 mehrere tausend Kilometer zurück.

Wüstenforscher

Menschen, die sich in der Wüste nicht auskennen und an das Leben dort nicht gewöhnt sind, können leicht verhungern und verdursten. Trotzdem zog es schon früh immer wieder Abenteurer und Forscher in die Wüste. Die Forscher benutzten die alten Handelswege, z.B. die Seidenstraße in den Fernen Osten, oder fanden neue Pfade, wie Burke und Wills, die die inneraustralische Wüste durchquerten. Die Forscher vertrauten bei ihren Wüstenreisen oft auf die Führung Einheimischer: Wüstenbewohner wie die australischen Aborigines finden ihren Weg durch die Wüste auch ohne Kompass und Landkarten. Sie wissen, wo und wie man Nahrung und Wasser findet, während viele Forscher ihre Reisen schwer beladen mit Versorgungsgütern machen mussten. Heute sind alle Wüsten kartiert, doch Gefahren lauern noch immer und die Erprobung neuer Wege bringt nach wie vor ungewisse Abenteuer.

KOMPASS
Die Kompassnadel richtet sich auf den magnetischen Nord- und Südpol aus. Seit der Kompass im 12.Jh. etwa gleichzeitig in Europa und in China erfunden wurde, hat er vielen Menschen gute Dienste bei der Orientierung geleistet.

AUF DER STRASSE NACH TIMBUKTU
Der deutsche Forscher Heinrich Barth durchquerte 1850 die Sahara und verbrachte mehrere Jahre in der sagenumwobenen Stadt Timbuktu. Sie war im 12.Jh. aus einer Tuaregsiedlung entstanden und bald ein bedeutender Umschlagplatz für Gold, Salz und Sklaven und ein Zentrum islamischer Gelehrsamkeit. Als erster Europäer kam 1826 der Schotte Gordon Laing in die legendäre Stadt. Auch der Franzose René Caillié gelangte nach Timbuktu (1828), doch keiner glaubte ihm, bis Barth Calliiés Bericht von der Stadt bestätigte.

TOD IN COOPER'S CREEK
Europäer durchquerten Australien zuerst von Nord nach Süd. Ausgangspunkt war Melbourne. Robert Burke und William Wills führten die erste Expedition. Die meisten Teilnehmer starben an Hunger und Erschöpfung. Burke starb 1861 auf seinem Rückweg nach Süden in Cooper's Creek (oben). Nur ein Rückkehrer überlebte – dank der Hilfe von Eingeborenen.

SAHARARADLER
Mit modernen Fahrrädern kann man auch in schwierigem Gelände weite Strecken zurücklegen. Wenn man durch die Wüste radelt, sind Kleidung, die vor der sengenden Sonne schützt, sowie Fahrradflickzeug, ausreichend Nahrung und vor allem Wasser unerläßlich.

Das Kopftuch schützt vor Sonnenbrand und Sonnenstich.

Wasserflasche

Das Gepäck ist gleichmäßig aufs Fahrrad verteilt.

SAHARAÜBERFLIEGERIN
Christina Dodwell nutzt für ihre Entdeckungsreisen hochmoderne Transportmittel. Für ihre 11.265 km lange Reise durch Afrika benutzte sie ein Ultraleichtflugzeug. Damit überquerte sie mit ihrem Copiloten die beeindruckende Landschaft der Sahara. Hier machen die beiden einen Zwischenstop in Mali.

ULTRALEICHT
Da sie relativ langsam sind, können Ultraleichtflugzeuge näher am Boden fliegen: man sieht mehr von der Gegend. Man kann mit solch einer Maschine aber auch so hoch fliegen wie ein großes Verkehrsflugzeug und so Luftturbulenzen vermeiden. Ein Ultraleichtflugzeug braucht zum Landen nur 69 m einigermaßen flaches Gelände. Es wiegt nur 150 kg und kann daher leicht auf einen Lastwagen gehoben werden.

MARCO POLO
1271 machte sich Marco Polo mit Vater und Onkel, beide venezianische Kaufleute, auf den Weg in den Fernen Osten. Sie folgten der Seidenstraße durch Mesopotamien (Irak), Persien (Iran) und Afghanistan, durch Innerasien und die Wüste Gobi bis nach China. Marco Polo trat in die Dienste des Khubilai und reiste für ihn durch das Mongolenreich. 1295 kehrte er nach Venedig zurück. Sein Reisebericht versetzte die Europäer in ungläubiges Staunen.

TAUSCHARTIKEL
Solche Glasperlen wurden im 18.Jh. für den Handel mit Afrikanern, vor allem mit westafrikanischen Völkern, hergestellt. Sie wurden gegen Nahrung, Metall, Edelsteine und Kunstwerke eingetauscht.

SEIDENSTRASSE
Die Chinesen züchten schon seit Jahrtausenden Seidenraupen und gewinnen aus dem Kokon jeder einzelnen Raupe bis zu 900 m lange Fäden. Die Seide wurde auf der sog. Seidenstraße nach Westen gebracht, einem Handelsweg, der sich über 7000 km von China im Osten über die Gebirge und Wüsten Innerasiens bis nach Europa erstreckte. Nach Westen wurden Seide und Gewürze geliefert, nach Osten Wolle, Gold, Silber und Pferde.

Register

A

B

C, D, E

F

G

H, I, J

K

L, M, N

O, P

R

S

T

U, V, W

Y, Z

Bildnachweis

o = oben, u = unten, m = Mitte,
l = links, r = rechts

Ardea, London/Ian Beames: 17m;/ Kenneth W. Fink:16m;/Mike W. Gillam: 36um; Clem Haagner: 35or, 37om;/Peter Steyn: 20ul;/ Alan Weaving: 12–13u, 17ur; British Museum: 13o; Caroline Cartwright: 18ol, 19ur; Lester Cheeseman: 39ol; Bruce Coleman/ Jen und Des Bartlett: 31om;/M. P. L. Fogden: 25uml;/Jeff Foott: 6ml, 22um, 33oml;/Carol Hughes: 6ml;/ Steve Kaufman: 37or;/ Rod Williams: 35ol; Compix/E. Terry: 44ol; Philip Dowell: 38–39m; e. t. archive: 63um; Mary Evans Picture Library: 7um, 11omr, 43mr, 45or, 49omr, 62m; Robert Harding Picture Library/Elisabeth Weiland: 49or; Hutchison Library/ Christina Dodwell: 63mr;/André Singer: 51mr;/Leslie Woodhead: 48or;/; J. Wright: 49ur; Image Bank/Ted Janocinski: 11or; Impact Photos/Ian Cook:44–45u;/Penny Tweedie: 25ur; Mike Linley: 17om, 18uml, 25omr, 26ul, 27ol, 29or, 30mr, 34mr, 63u; MacQuitty International Photographic Collection: 9umr, 14omr, 45mr; Mountain Camera/Chris Bradley: 21um, 51m;/John Cleare: 62mr;/ Matt Dickinson: 62ul; Peter Newark's Pictures: 61om; N.H.P.A./ A.N.T.: 12ol, 16ul;/Anthony Bannister: 18oml, 19mr, 23mr, 36uml, 60ol;/Peter Johnson: 28ul, 49ul; Christine Osborne/Middle East Pictures: 42ml; Oxford Scientific Films/B. G. Murray Jr., Earth Scenes: 8ol;/Owen Newman: 31ol; Axel Poignant Archive: 46ml; Premaphotos Wildlife/K. G. Preston-Mafham: 16mr; Trevor Springett: 15or; © Wilfred Thesiger. Nachgedruckt mit freundl. Genehmigung von Curtis Brown. Foto-Royal Geographic Society, London: 62ol; Vernets *Löwenjagd* nachgedruckt mit Genehmigung der Wallace Collection: 43ol; Tony Waltham: 15ur, 42u; Jerry Young: 28uml, 28um, 28ur, 34or, 34–35u, 35um.